大活字本シリーズ

悪名残すとも

吉川永青

《下》

埼玉福祉会

悪名残すとも

下

装幀　巖谷純介

目次

第二章　変転（承前）

四・躓きの後

天文十九年（一五五〇年）二月末、築山館の広間に大内の重臣が集まっている。普段の評定には顔を出さぬ筑前守護代・杉豊後守興運もこの日は参じていた。先日まで大内家の氏寺・興隆寺に於いて修二月《しゅにがつ》会《え》が行なわれており、山口に出向いていたためである。

評定の時とは違い、重臣一同は主座の義隆に対面して並んでいた。

最前列には五人の守護代、二列めから四列めが評定衆である。隆房は最初に籤を引いた。竹を一寸足らずの幅に削った棒の先に、朱色で「十一」と書かれていた。翌年の二月会を取り仕切る大頭役を決める籤引きであった。

籤棒《くじぼう》の入った竹筒を手に、義隆の小姓が皆を回る。

興隆寺修二月会は大内家最大の年中行事である。寺のある氷上《ひかみ》山の上宮に大内の嫡男が参詣《さんけい》して五穀豊穣《ほうじょう》を祈願し、余の者は舞や連歌、弓の歩射など、文武の芸を神仏に奉納する。それらに要する費用は全て大頭役が負担せねばならない。

皆が籤を引き終えると、義隆がゆったりと頷いた。

「では、当たり番を申し伝える」

発すると懐から奉書紙の包みを取り出して皆に見えるように開き、折り畳まれた椙原紙《すぎはらがみ》を小姓に渡した。それを小姓が開き、皆に示す。十一と書かれていた。

隆房は、すっと手を上げた。

「それがしにござる」

周囲から「おお」と声が上がった。今年の大頭役を務めた冷泉隆豊が「ふう」と息をついている。抽籤《ちゅうせん》は神仏の託宣であるため、冷泉も籤引きから除外されていなかった。いかに大身とはいえ、二年続けての負担はさすがに苦しいのだろう。

「降房が来年の大頭か。楽しみにしておるぞ」

「はっ」

嬉しそうな義隆に向け、面持ちひとつ変えずに頭を下げた。

抽籤が済むと、皆が義隆に一礼して広間を辞していった。陶の当主たる隆房は主君の見送りを受けねばならぬため、こうした集まりの度に最後まで残る。今日も人の気配がなくなるのを待って、義隆と共に館の玄関まで歩を進めた。

「では、またな。大頭のこと、不足あらば何なりとわしを頼るが良い」

「有難きお言葉。然《しか》らば、これにて」

隆房は頭を下げて館を辞する。南門をくぐって外に出ると静かな溜息が漏れた。

大内家に於いて二月会の大頭役は名誉だが、負担は痛い。並の重臣なら、前年の年貢で得た財貨を全て吐き出さねばならぬ。周防守護代の隆房であっても、領国のために使える財が大きく損なわれるのは確実だった。

義隆は「何なりと頼れ」と言ったが、それも言葉だけのことである。冷泉が自力で務め果せたのだから、家老筆頭の己には今年を上回るものが期待されて当然なのだ。第一、本当に義隆を頼るとなれば、またぞろ天役が発せられるだろう。それでは大内家の枠組みに生じた綻びを助長するばかりである。

（だが、どの道……）

思い直して小さく頷き、隆房は築山館の正面、自邸の門をくぐった。玄関まで迎えに出た宮川に腰の刀を預ける。

「来年の大頭役に決まった。忙しくなる」

「これはまた……」

宮川は面持ちを曇らせた。言いたいことは分かる。隆房は目元厳しく返した。

「されど好機よ」

いつまでも義隆を主君に戴いていては、大内は滅亡の憂き目を見る。それを防ぐために――。腹心の宮川には全て話してある。言葉の意味をすぐに悟ったらしい。

「ならば、支度に託《かこつ》けて？」

「人を集めるには、またとない口実ぞ」

「未だ内藤様や杉様、問田様とは申し合わせていないのでしょう」

主君押し込みの企みは、元就と弘中、そして宮川以外には話していない。内藤、問田、杉、そして江良房栄や青景隆著、飯田興秀《いいだおきひで》ら、今までに束ねた将は皆、義隆の迷走と相良の専横を食い止めるために集結したのだと考えている。

隆房は「確かにな」と頷きつつ返した。

「だが、いざ大内が傾いてから動くのでは遅い」

「それは、そうですが」

なお心配顔の宮川に、にやりと笑って見せた。

「案ずるな。悪いようにはならん。まずは二月会のためと称し、江良、青景、飯田、それに各地の郡代を集めておけ」

「はっ。殿が仰せなれば、信じて従うのみ」

宮川は一礼して、隆房の居室に刀を運ぶべく先に立った。隆房は共に歩を進めることなく、宮川の背を眺めた。

宮川は己を信じると言ってくれた。

己にも主君への信がある。しかし以前とは形の違うものになっていた。

かつては、義隆が己への情を残してくれていると思っていた。ゆえに、いつかきっと諫言を受け止め、立ち直ってくれると信じていたのだ。対して今は、義隆が立ち直ることはないと確信している。いずれ間違いなく自ら墓穴を掘り、それが押し込みの口実となろう。内藤、問田、杉なども、己の成さんとしていることを是としてくれるはずだ。

「信じて……か。ふふ」

静かな笑みが漏れる。未だ思慕の情が残る人に対して、あべこべの信を抱かねばならぬことに寂しさを覚えた。

以後、隆房は翌年の大頭役としての役目に着手した。多くの重臣たちと、今までより密に話しながら三ヵ月近くを過ごす。もし大過なく迎えられたなら、二月会は喜ばしい大祭となっただろう。しかし隆房が見越していたとおり、そうはならなかった。

五月、築山館に評定衆が集められた。昨今の大内は評定で何かを決することが皆無に等しく、こうして集められるのは主君からの通達がある時に限られる。だからだろう、居並ぶ皆の顔は晴れない。今日は何を言われるのかと警戒しているらしかった。

やがて義隆が広間に入った。皆が平伏する中、静々と歩を進めてゆく。

「面を上げよ」

向かい合わせに座った評定衆が揃って居住まいを正す。義隆は、のんびりと続けた。

「話は他でもない。九月のことじゃ」

そして左手の筆頭にある相良に目を向け、「これ」と促す。

相良は胸を反らせ、声を張って後を引き取った。

「三ノ宮《さんのみや》の仁壁《にかべ》神社、および今八幡宮《いまはちまんぐう》の大祭について皆に申し伝える。両所では例年、一ヵ月を隔てて大祭をしておるが、今年はこれが同じ日に執り行なわれる。ついては我らが大内家もこの参詣に併せ、豊穣を祝う宴を張らんという、御屋形様の思し召しである」

ざわ、と空気が澱《よど》んだ。ひとり隆房だけが黙って眉根を寄せる。胸中には「やはりな」という思いがあった。

大内当主と嫡男が仁壁神社と今八幡宮の例祭に参詣するのは、毎年のことである。それだけなら特段の問題はない。しかし二つが重なるとなれば、山口の町は祭の気配で浮き立った空気になるだろう。そういう華やかな昂《たか》ぶりを、義隆が見逃すはずはないと睨んでいた。参詣という当主の務めに託けて、きっと放蕩を言い出すに違いないと。

「お待ちを」

声を上げたのは、隆房の右隣に座る内藤であった。

「両所の大祭は九月十五日にござりましょう。年貢を取りまとめている頃で、今年の収穫が固まっておらぬのでは」

「だから何であると？」

居丈高に応じる相良に向け、内藤は怒りを押し殺した声音で返す。

「宴を張るとなれば、先んじてあれこれの手配をせねばならぬ」

内藤に続き、杉重矩が怒鳴り散らした。

「そのような財、どこにあると申すのか」

「お黙りあれ」

相良は傲然《ごうぜん》と一喝した。

「それがしは御屋形様のご意向を申し述べたのだ。貴公らの申しようは、御屋形様への愚弄と心得よ」

向かい側の下座にある弘中が、しかめ面になった。己と同じ列の内藤や問田とて似たようなものだろう。杉に至っては、どのような顔をしていることか。

「当主の決定に逆らうなど言語道断。財がなければ天役を発せよとの思し召しである」

語気強く捲し立てる相良に、ついに温厚な内藤までが噛み付いた。

「御屋形様を愚弄するに非ず。お諫めしておるのだ。右筆風情が何を申すか。天役、天役と。何かあるたびに発しておっては、民百姓が干からびて」

相良は膝下《しっか》の床板を、ばん、と叩き鳴らした。優美な面相に似合わぬ荒々しさで寸時の驚きを与え、内藤の言が止まった隙に吼える。

「そも民百姓は、大内家に守られておるのではないか。然らば主君の求めに従うが――」

「お断りする！」

戦場で発するような大音声が、強弁を掻き消す。発したのは隆房であった。

「……何と申された」

静かに身を震わせる相良に向け、隆房は微動だにせぬまま朗々と発した。

「天役など御免被ると申した。かく申すそれがしは、次の二月会の大頭である。この支度に時を費やし、人や諸々の品、財貨を出しておるのだ。この上に天役など発せられては、周防一国が潰れてしまおう。相良よ、うぬは己が何をほざいておるか分かっておるのか。下々が食い詰めて命を落とさば、大内が殺したことになる。民百姓を守っているはずの大内がだ」

評定の座が、しんと静まった。そうした中、相良はくすくすと笑った。

「なるほど。貴公については、かねがね……色々と良からぬ噂を耳にしておったが」

「おったが、何だと申す」

「信じざるを得ぬ。もし天役に応じぬならば……な」

「そうか」

返したきり、隆房は俯いて口を噤む。何もかも好きに決めてくれと態度で示した。

「隆房」

義隆が、やんわりと声をかけた。

「大頭役のこと、困ったことがあればわしを頼れと申したろう。ならば周防の天役は、幾らか軽いものとする。良いな」

隆房は、なお黙ったまま頭だけを下げた。正面の席で相良の忌々しそうな舌打ちが聞こえた。

「評定は、これまでにござるな」

杉が立ち、足音も荒く立ち去った。次いで問田、弘中と、かねて義隆のやりように疑問を持っていた者たちが辞してゆく。そして内藤が、大きく溜息をついて「これにて」と発した。

「それがしも」

隆房も席を立った。義隆が腰を浮かせるのを見て「しばらく」と制する。

「御屋形様には、申し訳ない仕儀と相なりました。今日ばかりは、お見送りをお受けすることも憚られます」

義隆は「うむ」と発したきりであった。

館を辞して自邸の門をくぐると、そこでは宮川が血相を変えていた。

「殿、いったい何があったのです」

「何が、とは？」

首を傾げて見せると、宮川は少し怒ったように声を潜めた。

「内藤様、問田様、杉様、それに弘中様と江良様がお待ちです。誰も彼も、怒りに身を震わせておいでてでしたぞ」

隆房は、にんまりと笑った。

「だろうな」

「え？」

呆気に取られる宮川の肩をぽんと叩き、玄関から広間に向かう。先に名を聞いた五人が揃って座っていた。隆房はそれらに対面して腰を下ろす。

「お待たせして申し訳ござらん。何用にて参られた」

「何用か、とは」

大内家中随一の荒武者・江良が吼えた。それに続いて杉ががなり立てる。

「貴公、あれで良いのか。相良に脅されて引き下がったのだぞ」

問田が頷く。内藤も楽しまぬ顔であった。既に押し込みに同心している弘中だけは、俯いた顔から「どうする」という眼差しを向けていた。隆房はその視線を受け止めて口元を小さく歪め、他の者をはぐらかすように言った。

「重ねて申し訳ない。それがしの周防のみ、天役が軽くなってしもうた」

内藤が「いいえ」と掠れ声を寄越す。

「それは成り行きゆえ。あのように言われては致し方ござらぬ」

問田が憤然と続いた。

「そもそも、周防だけ負担を軽くするという御屋形様の裁定がおかしいのです。何があろうと、各国の石高に応じた負担をさせねば。斯様なことでは、大内は……」

杉が荒っぽく鼻息を抜き、内藤が唇を噛む。江良は額に右の掌を当てて「はあ」と溜息をついた。それらを見て、隆房は静かに発した。

「かたがたの申されるとおりよな。下々の苦労を考えず、矢面を相良に任せて、しかも主君としてあるまじき裁定を下すとは」

内藤と問田が、ぎょっとした面持ちを見せた。杉が怒りに満ちた呆け顔になる。江良の面が喜色を湛え、弘中がにやりと笑った。

「つまり御屋形様はもう、人の主ではない」

続けて発した言葉で、皆がこちらの思いを悟ったようだった。

「討つ……と？」

内藤が問う。それだけはならぬと、すがる目を向けてくる。隆房は、大きく首を横に振った。

「それがしは、ただ大内家を守りたい。そのために、御屋形様には退いていただかねばならぬと思うておるのみ」

「押し込みにござるか」

江良が身を乗り出した。問田の顔にも、もはやそれしかないと書かれている。

杉が腰を浮かせた。

「やろう。いつだ。今日か、明日か」

隆房は失笑を漏らした。

「他ならぬ御屋形様と相良が、最良の機を与えてくれたではないか」

「九月十五日。御屋形様を押し込み、相良の首を刎ねる」

弘中が呟き、皆がそちらに目を向けた。

大内が危ないことは、誰もが薄々感じていたはずだ。そこへ、家中第一席の隆房があらぬ責めを負わされる寸前まで追い詰められ、義隆のあるまじき差配を目の当たりにした。

「傷を広げぬうちに……か。手を打たねば、滅ぶを待つのみ」

内藤の呟きが全てを代弁していた。

財貨を使い果たし、安易に天役に頼る。これまで皆が何度も諫めてきたのだ。仁壁神社と今八幡宮の例祭が重なる今年、義隆が同じ轍《てつ》を踏むことを、隆房は見越していた。ひと悶着《もんちゃく》起こして見せたのは、皆の思いを引き寄せるためだった。

大国だからこそ、傷が広がれば取り返しが付かない。今や皆が認めているだろう。義隆が当主の座にあり、相良が寵を得ている限り、その結末は避けられないのだと。

隆房は声を潜めた。

「四ヵ月。その間に手勢を呼び込まれよ。それがしの本貫、富田の若山城に入れるが良い」

弘中は「してやったり」とばかりに、杉と江良は勢い良く頷いた。

問田はしっかりとこちらを見据えて、内藤は控えめに首を縦に振る。

大内を支えんとして隆房の元に集まった皆は、ついに義隆の押し込みに同意するに至った。

＊

八月末、元就は郡山城にあって隆房からの書状に目を走らせた。読み終えると「ふう」と長く溜息をつき、面持ちを曇らせる。

「決起は良い。だが」

ぼそりと独りごち、また溜息を漏らす。居室の外で小姓が片膝を突いた。

「申し上げます。元春様がお越しになられましたが」

「……通せ」

小姓は「はっ」と応じてすぐに下がり、やがて元春を導いて来た。

「失礼仕る」

元春が一礼して部屋に入ると、元就は小姓をちらりと見て「下がれ」と示す。余人の目がなくなるのを待ち、浮かぬ思いも顕わに発した。

「何用か」

「隆房様から書状が届きましてございます」

元春は、かつて吉川興経が築いた日野山城を本拠としていた。毛利領を見下ろす城も、自らの子が治めているなら逆に心強い。郡山城とは二十里ほど、さほど離れていないとあって、隆房の決起を知って急ぎ参じたものであった。

元就は、先まで目を落としていた書状を元春の前に放った。

「これか」

元春は冒頭だけを一瞥し、顔を紅潮させた。

「同じものにございます。ついに西国の形を改める時が来たのですな」

嬉しそうな声音を聞き、かえって顔が渋くなった。

主君押し込みへの助力を求められた日、己は問うた。西国には全く新しい支配が打ち立てられることになるが、構わぬのかと。

この話は、ご辺が申されることのためでもある――隆房は確かにそう語った。だからこそ期待したのだ。しかし寄越された書状の内容は、こちらが待ち望むのとは異なる話だった。

「おまえは、これを是とするのか」

倅《せがれ》の顔をじろりと見る。少したじろいだ気配が返された。

「押し込みには父上もご同意なされたのでしょう。それがしが隆房様の義弟となったのも」

「そのためだ。されど」

先に放った書状の中、一文を指差す。

「これでは、手ぬるい」

示された箇所に記されている。義隆を押し込んで嫡子・亀童丸義尊《よしたか》を新たな当主に据え、以後は三家老が家中を切り盛りすると。

元春は眉をひそめ、静かに問うた。

「若君には……御屋形様の胤ではないとの噂がござりますが。隆房様とて、苦しんだ上でのご決断に違いありませぬ。いずれにせよ、幼君など飾りに過ぎませぬ上は」

「そこではない」

ぴしゃりと言い放ち、元就は憂える声で続けた。

「かつての大内なら、隆房殿のやりようで構わなかった。義尊様を戴いて尼子を攻め滅ぼし、九州全土を睨んで西国を束ねる格好でな」

「今は違うと？」

倅の問いに、伏し目勝ちに頷いた。

「出雲で大敗してからの大内は、じりじりと貧しておる。安芸と備後の尼子方を押さえ込むにせよ、我ら国衆の力を頼むところが大きかった。自ら手を下したことと言えば、弘中殿を代官に寄越したぐらいだ。石見の銀山とて尼子に奪われたままであろう」

「左様にござりますが」

元春は、いささか不満そうであった。大内が安芸と備後を国衆任せにしたからこそ、毛利は力を得たのだ。否やを言える筋合いではなかろう、という胸の内が見える。

元就とて、それは認めている。承知の上で声音を厳しく改めた。

「何より、昨今の大内は何かにつけて天役、天役だ」

「その綻びを繕うための、押し込みではござりませぬか。もしや、今になって同心できぬと仰せられるのですか」

「違う。先にも申したろう。手ぬるいのだ」

発して、大きく首を横に振った。

「良いか元春。綻びを繕った着物は不細工になるものぞ。大内は大国だけに、ひとつ綻びれば周りに広がってゆく。ここを繕い、あそこを直し……そうやっているうちに、ますます形はいびつになる。別の綻びが生まれる」

己が何を言わんとしているのか、元春は察したようであった。震撼《しんかん》した胸の内を眼差しに映している。

「つまり、大内という枠組みそのものが」

「……もう無用なのだ」

言葉を切り、俯き加減に溜息をつく。

「人は愚かな生き物ぞ。今あるものを捨てられぬ。されど、良からぬもの、要らぬものまで残して形を改めようとすれば、世はおかしな方へと転がってゆくものだ。この戦乱も、そうして生まれた。隆房殿ほど目端の利く御仁が見誤るとは」

隆房の言う西国の新たな支配とは、義隆を押し込んだ上で自ら大内を後継するものとばかり思っていた。大内の分家筋たる陶家には、その資格が十分にある。なのに、どうして大内の嫡流を立て、臣下の立場に甘んじようとするのか。それが解せなかった。たとえ隆房が実権を握るのだとしても、これでは全ての動きが迂遠《うえん》なものになる。生き馬の目を抜く乱世に於いては多分に心許《こころもと》ない。

元就はすっと顔を上げ、真正面から倅を見据えた。

「決起には同心する。されど、これでは手ぬるい。そう返書するつもりだ」

「隆房様が自ら大内家を継ぐべしと？」

それに対しては、はっきりと否定した。

「いいや。隆房殿が自ら判じねば意味がない。人は過ちを犯すものなれど、躓《つまず》いた後の立ち回りこそが大事だ。もし自ら省みて正せるなら、その者には先行きの光明がある」

逆に言えば、それができねば義隆のようにならざるを得ない。言外に示しつつも、元就は、陶隆房という男の器量を信じた。きっと己の過ちに気付いていてくれるはずだと。

＊

隆房の本貫・都濃郡の富田若山城には、既に陶の手勢八百、内藤の四百、杉の三百が入っていた。数日中に問田が二百を、弘中も百を寄越す手筈《てはず》になっている。例祭に託けて遊興に耽《ふけ》る義隆を押し込み、相良の首を刎ねるには、合わせて千八百の兵があれば十分であった。

そうした中、九月四日の夜、安富源内が山口の陶邸を訪れた。義隆の寵童でありながら隆房に籠絡され、築山館の仔細を報じるようになった間者である。隆房は酒と肴を与えてもてなし、館の様子を訊ねた。

「御屋形様に変わったことはないか」

安富は、やや不安そうに頷いた。

「はい。二神社の大祭を楽しみにして、うきうきとしておられます。ですが、その……何と申しましょうや、あまりに手応《てごた》えがなく」

安富の懸念は、およそ想像が付く。極秘裏に集結させた手勢とはいえ、領内を行軍しているのである。義隆が知らぬ振りをしているだけでは、というところだろう。

しかし隆房は小さく肩を揺すって笑った。

「案ずるでない」

余の者ならいざ知らず、義隆である。既に主君の責務を果たす気概のない人が、領内の事情を知ろうとして手を回すはずがない。傍近く仕える相良にしても同じだ。学芸や文筆には秀でていても、内治や軍事の実際は何ひとつ分かっていない。義隆が浮かれているというなら、それは掛け値なしの真実である。

安富を落ち着けるために酌をしてやっていると、障子を閉めた室外に宮川の声が聞こえた。

「申し上げます。透破《すっぱ》と思《おぼ》しき者が書状を持って参りました」

隆房は目に喜色を湛えて見開いた。

「これへ」

促すと、宮川は細く障子を開けて書状を差し込み、またすぐに閉めた。静かな足音が立ち去ってゆく。安富が座を立ち、隆房の元まで密書を運んだ。

書状の包みに書かれた「陶尾張守様」という宛書は見慣れたものだった。元就の手である。先にこちらから送った文への返書であろう。良い返答に違いあるまいと、隆房はゆったりと書状を目で追った。じわりと、面持ちが渋くなった。

「手ぬるい、とは」

発して、しかし隆房はすぐに得心顔になった。

「だから言うたではないか」

ぼやくような呟きは、押し込みに同心した皆に向けられていた。

義隆を隠居に追い込んだ後、大内家をどのように治めてゆくべきか。

隆房は義隆の嫡子・義尊を出家させ、かつて大友家から猶子に取っていた八郎晴英を呼び戻そうと主張していた。対して他の皆は、それでは火種を残すと言って難色を示した。この押し込みは家臣の全てが納得しているのではない。それらを黙らせるには嫡男を立てねばならぬと。

義尊は義隆の胤ではない――表立って言う者はないが、大内家中にはそうした噂がある。晴英を猶子に取った直後の懐妊に疑問を抱いたのは、己だけではなかった。

隆房はそれを以て晴英擁立を唱え続けたが、中々に同意は得られなかった。あまり頑《かたく》なになっては、せっかく糾合した皆が離れてしまう。背に腹は替えられず、義尊の後継を認めたに過ぎなかった。

「外戚《がいせき》とは申せ、毛利は大内一門……か」

大内の行く末を左右する話なのだ。毛利隆元の正室が義隆の養女である以上、元就の意向を無下にはできない。隆房は安富を見据えて命じた。

「問田殿と江良に伝えよ。我らの合意、毛利が是とせず。後継ぎについては本懐を遂げて後、元就殿も交えて談合し直すべしと。内藤殿、杉殿、弘中には、わしから手を回す」

「承知仕りました」

安富は何度も頷き、落ち着きのない足取りで陶邸を辞していった。

隆房はその晩のうちに隣家の内藤を訪ねて元就の書状を見せ、杉邸には宮川を遣った。

代官として安芸にある弘中には別途書状をしたためた。三ノ宮仁壁神社と今八幡宮の例祭は十一日後、如何にしても猶予がない。透破を手配する暇も惜しみ、隆房は陶邸の若い下人に書状を持たせ、夜を走らせた。

そして三日後、九月七日の夕刻。先触れもなく隆房の元を訪れる者があった。清ノ四郎である。

隆房は嫌なものを覚えた。こちらの手管で籠絡した安富とは違い、四郎は自らの欲を満たさんがため、進んで擦り寄って来たのだ。

「何用か」

眼前で平伏する少年に、平らかに問う。四郎は薄笑いを浮かべながら顔を上げた。

「此度も、耳寄りなお話を持って参りました」

かつて相良が画策した毛利と内藤の婚姻――己から力を殺ぐための策謀を報じた時と同じであった。欲にまみれた心根に悪臭を覚え、胸が悪い。

然りとて四郎は利に聡《さと》く、頭も切れる。この者が何かを密告しようとするなら、聞く価値はあろう。

「話せ」

四郎は目元に不敵な笑みを浮かべた。

「それがしの故郷・清若の者から報せがありました。一昨日《おととい》、彼《か》の地を軍兵が通ったとか。人目を憚るように、夜中に静々と。どこへ向かったものやら」

四郎の言う軍兵には心当たりがある。都濃郡東南の清若を通ったなら、弘中の本貫・岩国から若山城に向かったものだろう。もっとも、四郎の態度は嫌らしい。何を企んでおることか。隆房は「何でもない」と装うため、つまらなそうに返した。

「それがどうした。周防の内で兵をどう置くかは、守護代たるわしに任されておる。尼子に対するため、北の備えを厚くしたに過ぎぬ」

すると四郎は、さもおかしそうに、くすくすと笑った。

「安芸と備後、それに石見で尼子を食い止めているのに、ですか」

もしや。思いつつ平静を取り繕う。

「念には念を入れるものだ。北の備え、即ち石見の後詰ぞ。彼の地は銀山を奪われて長く、安芸や備後に比べて国衆もまとまりを欠く」

四郎は面から薄笑いを流し去り、真剣そのものの顔を見せた。

「隆房様は、いずれそれがしを厚遇するとお約束くだされました。これを信じて参じたものにござります。大事を前にご用心されているのは分かりますが、嘘を仰せられることもござりますまい。それがしとて、天役のたびに清若の皆から恨み言を聞いております」

やはり、そうだ。四郎は己の決起を知っている。

どこから漏れた。慎重な内藤や問田、頭の切れる弘中、実直な江良、これらが口を滑らせたとは考えにくい。杉重矩にしても、伊達に家老に収まっているのではない。だとすれば安富か。この屋敷に出入りしていることを勘付かれた時のように。

「書状を飛ばされましたろう」

そのひと言に、心中で愕然とした。弘中に宛て、下人に持たせたあの書状である。透破を頼む猶予なきゆえ下人を使ったが、まさか嗅《か》ぎ付けていたとは。

四郎は勝ち誇ったように続けた。

「隆房様から書状が出され、すぐ後に兵が動いたのです。それも百ほど。北の備えを厚くするにせよ、尼子相手にこの数では少ないのでは？」

正確ではない。弘中が兵を動かしたのは取り決めどおりのことで、先の書状は大内の後継についての話である。だが何たることか、四郎は誤った推察から正しい答を手繰り寄せてしまった。紛《まが》うかたなき慧《けい》眼《がん》である。忌々しい。

どうしてくれよう。見くびられてはならぬ。隆房は「やれやれ」と尊大に返した。

「賢しい奴よ。何が望みだ」

「ことが成った暁には、それがしにどれだけの恩賞をくださるのかと」

それ次第ということか。義隆が例祭に参詣するなら、きっと寵童の四郎も伴われる。使いこなせれば、またとない手駒だが――。

「おまえの故地、清若を所領として与えよう。わしの名から『房』の一字をやっても良い」

四郎は、小馬鹿にしたような失笑を漏らした。

「これほどの大事に助力するのです。もっと……一郡を頂戴し、評定衆にお取り立ていただいても良いのではございませぬか」

言語道断である。己が起《た》つのは、決して私利私欲のためではない。西国の雄・大内を守り、併せて義隆の声望を失墜させぬためだ。四郎のように我欲のみで動く者の席などない。

だが隆房は頷いた。腕を組み、鼻から溜息を抜いて発する。

「分かった。そうしてやる」

「よろしいのですか」

やや呆けた眼差しが返された。もしや、認められるとは思っていなかったのか。隆房は眉根を寄せた。

「なお不服か」

「滅相もない。恐悦至極にございます。さすれば、それがしは相良様を討つお手伝いを」

四郎はにんまりと笑い、一礼して隆房の居室を辞した。

静かに足音が遠ざかる。隆房は口の中で「クク」と笑った。

かつて厚遇を約束したのは空手形のつもりだった。これとて同じだ。

相良を討つと言うのならそれも良し、大内の重臣を殺した咎を与え、首を刎ねてやれば良い。

いずれにせよ、躓かずに済んだのは祝着である。必ず本懐を遂げられると、意を強くしてさらに三日を過ごした。

九月十一日は、若山城に詰めた兵が動く日であった。まず防府《ほうふ》に入り、次の下知を待つ手筈である。義隆の後継は追って談合し直すという線で、既に皆の同意を得ていた。あとは二神社の例祭に参詣する義隆を捕らえて隠居させ、相良に天誅を下すのみである。

例祭に先立ち、九月十二日から十四日まで、義隆は築山館で盛大な祝宴を張った。山口に迎え入れた公卿衆を招いて能の舞を見物し、連歌を詠み、美酒と美食に溺《おぼ》れた三日間であった。隆房以下も何食わぬ顔でこの祝宴に列席していた。

＊

九月十五日、決行の日の朝となった。

隆房ら重臣は義隆の参詣に随行せねばならない。代官として安芸に詰める弘中を除き、決起に同心した皆も築山館の門前にあった。三家老は行列の中ほど、隆房を中心に右が内藤、左が杉という形で並んでいた。この行列を見物すべく、町衆も人垣を作っている。

そうしたざわめきの中、大内の氏寺・興隆寺から昼四つ（十時）の鐘が渡ってきた。義隆が出立する刻限である。

（いよいよだ）

降房は館の門に目を遣った。義隆の牛車《ぎつしや》を警護する兵は、馬廻衆《うままわり》を始めとした五十である。それも境内に至るまで、以後は義隆と小姓や寵童、亀童丸義尊、および重臣衆のみとなる。

（手抜かりはない）

先に若山城を発した兵は山口の東南十里、防府に進んでいる。義隆の身柄を押さえて相良の首を刎ねた後は、伝令ひとつで山口に雪崩れ込めるようになっていた。

ところが、肝心の義隆が館から出て来ない。左手の杉が、ぼそぼそと問うた。

「陶殿、遅くはないか」

確かに遅い。先の鐘から一刻近くが経とうとしていた。

「大事あるまい」

焦れる心は同じだが、隆房は平らかに返した。京の旧套《きゅうとう》にことさら傾倒する義隆である。公卿のやり様に倣って、のんびりと刻限を過ごすこともあろう。無理にでもそう思おうとした。

しかし、どれほど待っても義隆は姿を現さなかった。見物の町衆も初めは押すな押すなの体であったが、次第に待ちくたびれて、ひとり、またひとりと帰って行くようになった。

やがて一時が過ぎ、昼九つ（正午）の鐘が鳴る。見物人もすっかりいなくなった中、ようやく築山館の門が開いた。

いざ――。

痺れるような感覚が背を伝う。ぐっと、両手に拳を握る。

その緊張は、ものの見事にはぐらかされた。門を出て来たのは牛車ではない。大内一門衆の右田隆次《みぎたたかつぐ》が乗る馬であった。

「御屋形様に於かれては、本日の参詣をお取り止めあそばされた。ついては、この隆次が名代として参詣するものなり」

隆房の胸に、ざわ、と波が立った。もしや看破されたか。今のところ、それは分からぬ。しかし今日の決起が潰えたのは間違いない。

館南門の正面、自邸の門にちらりと眼差しを送る。開かれた門扉の陰には宮川房長が侍していて、こちらの目配せに小さく頷くと、すぐに邸内に下がった。

「陶殿」

杉が切迫した小声を寄越してくる。隆房は正面を向いたまま囁いて返した。

「案ずるに及ばず。宮川が」

安堵の息遣いが聞こえた。左右にある杉と内藤、背後の問田や江良、皆が理解したらしい。

宮川には先んじて命じてあった。ことが露見した場合、まずは身を守らねばならない。その時には急ぎ防府に人を出し、呼び寄せた手勢を散らすようにと。

（されど、どこから。……誰から）

右田に従って二神社への道を進みながら、隆房は胸中を乱した。同心した皆が掌を返したとは思えない。誰もが義隆の堕落を嘆き、相良の専横に憤っていたのだ。だとすれば。

（安富か）

元就の返書を受け取った晩、安富には問田と江良への遣いを命じた。あの折の安富はやけに落ち着きを欠いていた。元来が小心者である。大事を前に恐れたのだろうか。

（いや……違う）

安富が陶邸に出入りしていた理由は、表向き、寵童としての諸事指南を受けるためであった。仔細を打ち明けるなら、本当の理由――不義を働いていたことをも明らかにせねばなるまい。

（或いは四郎か）

それも考えにくい。四郎が動く理由は欲得のみである。己は、その欲を満たしてやると約したのだ。空手形ではあるが、一郡の長、評定衆の座という好餌《こうじ》を蹴飛《けと》ばすだろうか。安富が裏切ったと考える方が、まだ理に適っている。

いずれにせよ、宮川が兵を散らせば決起の証はなくなる。たとえ疑われたとて、知らぬ存ぜぬを押し通すのみ。まずはひたすら身を守り、次の機会を窺うべし。

思った頃、仁壁神社に到着した。義隆の名代を務める右田以下と共に参詣し、次いで今八幡宮へと向かう。

ひとと おりを終えて自邸に戻った頃には、既に夕刻となっていた。

「殿、お帰りなされませ」

門をくぐると宮川が待っていた。隆房は短く問うた。

「首尾は」

「抜かりなく」

聞いて、ほっと息が漏れた。同時に総身を気だるさが覆った。胸騒ぎを抱えながら過ごした一日は、戦場にも勝る修羅場であった。

翌朝、隆房は遅く起きた。既に日は高く、妻も床を抜けている。

「何だ」

ぼそりと呟く。自ら目覚めたのではない。町中の騒がしさで起こされたのである。異様な喧騒《けんそう》であった。もの言わぬ人の群れが、揃って表通りに歩を進めている。間違いない、兵の行軍であった。それとは別に、路地裏には慌てふためく声や足音がある。こちらは町衆だろうか。

「これは……。宮川！」

参じる気配がない。隆房は寝所を出て、自ら玄関へと向かう。すると宮川が、慌てた様子で外から駆け戻って来た。面持ちに険しいものを宿している。何が起きたのか、それだけで察することができた。

「見て参ったのだな。この屋敷か」

兵に囲まれているのか、と問う。宮川は強張った面相のまま小さく頭を振った。

「築山館に入っております。ざっと二千……町衆も、すわ戦かと逃げ惑っておる由にて」

降房は「ふう」と長く息を吐いた。

やはり露見していたか。館を兵で固めるより、陶邸を囲んでしまう方が早いだろうに。そうしないのは、手順を踏み、まず尋問をするつもりなのだ。

「良くも悪くも、御屋形様のなさりようよな」

首を回しながら発する。宮川がこれを見咎めた。

「悠長に構えていて、よろしいのですか」

「内藤殿、杉殿、問田殿。三人が味方なれば、余の者を言い負かすくらいは楽なものぞ。慌てた気配を見せれば、それこそ墓穴を掘る」

「されど」

こちらの言い分を聞いても、未だ懸念を拭い去れないらしい。隆房は苦笑して、宮川の肩をぽんと叩いた。

「案ずるな」

「……そうでしたな。どこまでも殿を信じ、付いて行くのみ」

腹を据えたらしいが、面持ちは固い。胸中の不安を強引に捻《ね》じ伏せたようであった。

＊

九月十七日の昼過ぎ、陶邸の門前に抑揚のない声が響いた。

「陶尾張守殿。御屋形様の、お召し」

ついに来た。隆房は人を遣ることなく、自ら門へと進んだ。

「身支度の上、急ぎ参上仕る」

すると使者は「あいや」と首を横に振った。

「無用、無用。そのままでお上がりあれ」

身支度を整えて待っていれば、尋問を見越していた——咎めを受けるべき行ないがあったと白状するようなものである。ゆえに粗末な小袖を纏《まと》っていたのだが、身支度もいらぬとは。逃げ隠れすることを警戒する辺り、不信は相当なものである。

「斯様なりで参上するのは気が引け申すが、御屋形様の御意なれば」

隆房は頭を下げ、使者に続いて築山館へと上がった。

館の庭は、もののしいばかりである。南門から入って右手には館の名の由来となった築山と池があるが、そこを除く全てに兵の姿があった。門から御殿へと続く石畳でさえ、両脇を足軽衆が埋め尽くしている。

何も発せず、しかし怖《お》じ気た風も見せず、隆房は胸を張って玄関に至った。使者はなお先に立ち、勝手を知った館の中を広間まで導いた。

「陶尾張守隆房、お召しに従い参上仕りました」

発して一礼し、板間を進む。畳で一段高くなった主座には義隆が座っており、いくらか慄《おのの》いたような顔を見せていた。その前には吉田若《よしだわか》狭守《さのかみ》と杉民部入道興重《みんぶにゅうどうおきしげ》、二人の重臣が侍している。

隆房は広間の中央に至ると胡坐をかき、作法に則《のっと》って平伏した。

「面を上げよ」

義隆の声には力がない。対して隆房は、どこまでも堂々と居住まいを正す。向かって右前の古田若狭がおもむろに発した。

「何ゆえのお召しか、分かっておられようか」

「はて、見当も付きませぬが」

ひと呼吸を置いて返す。今度は杉入道が厳しいしわがれ声で問うた。

「陶殿に於かれては、密《ひそ》かに兵を集めておられたとの由。御屋形様への謀叛を囁く声が聞こえておりまするぞ。申し開きができるものなら、なされませ」

隆房は胸を張った。

「これは異なことを。それがしに左様な野心はござらぬ。そも、誰の言にござろうか。若狭殿、民部殿が信を置く者には違いござるまいが」

すると義隆は、苦い面持ちで「これ」と発した。声に応じて、右手の廊下から義隆の傍らに進んだ者がある。

清ノ四郎であった。佇《たたず》まいには実に悠々としたものを湛えている。顔には出さぬが、正直なところ「まさか」と思った。裏切ったとすれば安富だと思っていたからだ。

「四郎は、其方も存じておるな」

義隆の問いに頷き、隆房は少しばかり顔をしかめて見せた。

「四郎殿が、それがしに叛意ありと申されたのでしょうや」

すると、四郎は勝ち誇ったように発した。

「先に、それがしの故郷・清若の者より注進がありました。夜の闇に紛れて、百ほどの兵が動いておったと。彼の者共は西、つまり富田を指していたとのこと」

隆房は「ふむ」と頷いて義隆に目を向けた。

「確かに、弘中に頼んで兵を百ほど借り受け申した。何ゆえ、それが謀叛ということになるのでしょう。周防で兵をどう動かすかは、守護代のそれがしに一任されておるはず」

杉入道が「これはしたり」と失笑を漏らした。

「謀叛にあらずば、如何なる用ありて兵を動かしたと申される」

隆房は「やれやれ」と溜息をついた。

「民部殿ともあろうお方が、何と軽骨《きようこつ》なことを。それがしは次の二月会の大頭にござれば、諸々の手配にて人手はいくらあっても足り申さぬ。懇意にしている弘中に助力を頼んだが、ならぬと申されるのか」

吉田若狭が控えめに「されどのう」と応じた。

「その兵も然り、貴殿の本貫・富田からも兵が動いたと領民が申しておる。それも兵具を整えておったそうだが」

「何と、くだらぬ」

失笑と共に、ゆるりと頭を振った。

「民百姓が兵具をどれほど知っておるものか。富田から動かした家人共とて武士なれば、心得として日頃の持ち槍《やり》や持ち弓ぐらいは携えておったはず。弘中の兵にしても同じこと」

いったん口を噤み、じろりと四郎を睨む。語気を改めて強く言い放った。

「それだけの話を、奸人・佞人が針小棒大に言上したのであろう。この隆房に咎を与え、自らの手柄と為すための讒言に相違ない」

杉入道と吉田若狭が唸り、義隆が困惑気味に「ふむ」と頷いた。ひとつ、二つ、三つ、無言のまま呼吸を繰り返す。

「嘘だ！」

弾かれるように、四郎が叫んだ。

「ぬけぬけと、二月会のためとは。それがしには、北の備えを厚くすると仰せられましたろう」

「ほう」

初耳だとばかりに、小馬鹿にしたように応じる。四郎はなおいきり立ち、義隆や杉入道、吉田若狭を見回しながら喚《わめ》き散らした。

「陶様は御屋形様を押し込み、相良様を討つ肚づもりだったのです。

それがしが助力すれば、本懐を遂げた暁には一郡の長と為し、評定衆に取り立てると約束なされました」

隆房は目を丸くして見せ、二つほど数えたところで高らかに笑った。

「これはまた。いつ、わしが左様なことを申した」

すると四郎は嘲《あざけ》るように胸を張った。

「九月七日の晩にござる。いともあっさりと、望外の厚遇をお約束されたではござらぬか」

なるほど、そういうことだったか。

欲に汚れた者が、なぜ欲を捨てて裏切ったのか。四郎が顔を出した時から解《げ》せずにいたが、ようやく分かった。いともあっさりと——この一点である。

あの晩、己は足許を見られていた。だからこそ四郎の言い分を諾々と聞いて見せた。だが何の実績もない者に一郡を与え、評定衆に取り立てるなど、本来は躊躇って当然である。その素振りすら見せなかったことで、四郎は悟ったのだ。これは空手形に違いない、義隆が隠居に追い込まれたら寵童の立場など何の重みもなくなるのだと。憎らしいほどに頭だけは切れる。

もっとも、裏切りの理由が知れて気は楽になった。頬を歪めて挑むように問う。

「九月七日の晩か。では其方、どこでその話を聞いた」

四郎が「あっ」という顔を見せた。言葉に詰まっている。

「わしはその晩、宿直《とのい》ではなかったが」

追い討ちをかけ、ちらりと主座に目を向ける。義隆も「確かに」という顔をしていた。

「館におらぬ者が、どうして其方と左様なことを話せるのか」

安富の場合は諸事指南の理由を付け、義隆の許しを得て屋敷に招いている。しかし四郎は主君の目を盗み、勝手に訪れているのだ。共に陶邸にいたと明かせば、自らの不義も明るみに出る。寵童の立場にしがみ付こうとして裏切った欲深な者に、証言などできる訳がない。

「申してみよ」

大喝を加えると、ついに四郎は俯いて何も言わなくなった。

隆房は大きく溜息をつき、声を静めた。

「これにて、それがしへの疑いは晴れたと思うて良うござりましょうか」

義隆は「うむ」と頷いた。

「されど、先に四郎が申した『武任を討つ』というくだりは、自省するが良い。あらぬことが噂されるのも、其方があまりに武任といがみ合っておるがゆえぞ」

「大内のため、好機あらば相良を討たんという気持ちは常に抱いております る」

むっつりとした顔で応じると、義隆は珍しく語気を荒らげた。

「それが、ならぬと言うておる！」

隆房はすぐに「失礼仕りました」と頭を下げた。

「御屋形様が仰せのとおり、此度のお疑いは、それがしの斯様な心根が招いたのでしょう。然らば、世を騒がした一方の責めは負わねばなりませぬ」

「如何様にすると申す」

未だ気の鎮まらぬらしい義隆に向け、神妙に返した。

「山口屋敷の門を閉め、本貫の富田に帰って蟄居する所存。家中第一席として襟を正しとう存じます。なにとぞお聞き入れを」

返答を待たずに「これにて」と広間を辞する。義隆も見送りに立とうとしなかった。

この日の晩、相良武任は再び大内家から出奔した。機会あらば相良を討とうという気持ちは常に抱いている——その言葉を伝え聞き、また、此度も義隆が隆房を許してしまったことを知り、恐れを生したものであった。

二ヵ月余りが過ぎた十一月二十七日、隆房は富田若山城に戻って自ら蟄居した。きっと義隆は、こちらの言葉を額面どおりに受け取っているだろう。しかしこの蟄居こそ、次の機会を窺うための策であった。

五・大寧寺の変

吉川家の先代・興経は、当主の座を追われた後、実子の千法師と共に安芸深川《ふかわ》に捨扶持《すてぶち》を与えられていた。だが幽閉の後も行状は定まらず、いずれ毛利を打倒すると声高に放言していた。

妻の実家と思って温情を示したが、今や救うこと能《あた》わず——元就はついに決心した。

興経が毛利に弓引くは、即ち大内への叛逆なり。そう唱えて兵を出し、安芸深川を急襲して興経父子の首を取った。天文十九年九月末、隆房の決起が失敗に終わった直後のことである。大内家中も謀叛という言葉に過敏になっていたのだろう、元就の大義名分はすんなりと認められ、毛利は吉川の家督と所領を完全に兼併するに至った。

またこの年には、先に竹原小早川家を相続した三男・隆景が沼田《ぬた》小早川家から正室を娶り、病弱な沼田当主・繁平《しげひら》を隠居させた上で両小早川家を統合している。本貫の吉田郡山城に元就と嫡男・隆元、日野山城に次子・吉川元春、高山《たかやま》城に三子・小早川隆景を配した毛利家は、もはや単なる一国衆ではなくなっていた。

だから、だろう。年明けの天文二十年(一五五一年)一月二十七日、郡山城には大内義隆から直々に遣いが寄越されていた。安芸代官の弘中隆包である。

「ようこそ、お越しくだされた」

元就は微笑を以て迎える。対して弘中の顔には迷いが見て取れた。

「どうお話しして良いものか……。まずは」

去る一月五日、昨年九月に出奔していた相良武任が筑前守護代・杉興運の元に出頭し、中状を渡したという。内々のものだそうだが、隆房が義隆の寵童――間者に仕立て上げた安富源内を通じて内容を知り、弘中に報せたという話だった。

中状の大意を聞く。

昨今の山口が乱れた原因は、それがしが陶隆房に対抗するため、謀叛の濡《ぬ》れ衣《ぎぬ》を着せようとしたからだと言われている。だが隆房の叛心を言上したのは杉重矩である。それが今や杉も隆房に歩み寄って、それがしの讒訴だと言うに至っている。この武任が山口を出たのは身の潔白を示すためであったのをご承知願いたい。そして用心して欲しい。確かに隆房は内藤興盛や杉重矩を始め、大内の家人衆や各国の国衆を語らい、陰で何やら企てている。

「自らに罪はないと申されたか」

元就は憮然として呟いた。

大内家中の乱れは、間違いなく相良にも一半の責任がある。当主の義隆が遊興に耽って何度も天役を発し、領内を疲弊させたことに知らぬ存ぜぬを決め込むなど許されぬ。相良から見れば、果敢に外を攻めんという立場の隆房や内藤、杉など、武辺の譜代は大内の内治を乱す者なのかも知れない。だが、それとて内治の充実で外患を防げないからだ。必要な手立てなのである。

思って、元就は「ああ」と頷いた。義隆押し込みの一件に於いて、隆房は実に手ぬるい方針を立てた。その実は、相良という憎まれ役がいたせいで、同心した皆の思惑がおかしな具合に散らされていたからなのかも知れぬ。

（然りとて、そこを何とかするのが……いや）

吹けば飛ぶような家を切り盛りしなければならなかった己に対し、隆房は初めから大国・大内の家老であった。しかも未だ三十一と若い。戦という尋常ならざる場ならいざ知らず、平時に於いて人の思惑に揉《も》まれ、それを操るという場数が足りていないのだ。

弘中は溜息交じりに「さて」と発した。

「これを踏まえた上で、御屋形様からのお頼みごとなのですが。万が一の時には、速やかに兵を率いて山口に来援せよと」

つまり義隆は、相良の申状によって隆房への疑念を新たにしたのか。元就は弘中の思うところを問うた。

「そうする値打ちがあると？」

弘中は、これに対する返答とは別のことを口にした。

「今、陶殿は自ら本貫に蟄居しておられます。既に一月も末、このままでは二月会の大頭役もどうなることか。さすれば」

そこで言葉を濁した。然り、大頭の役目を放棄すれば疑念では済まなくなる。

「あ……」

元就は寸時、呆気に取られた。その顔に、ゆるゆると笑みが浮かぶ。おかしくて笑うのではない。策を立てて戦う将としての顔であった。

「なるほど、そうだったか」

隆房が何を考えて自ら蟄居し、息を潜めているのかが分かった。小さく肩が揺れる。

こちらが何に得心しているのかを測りかねたのだろう、弘中は怪訝な眼差しを寄越していた。元就は「いやいや」と頭を振り、落ち着いた声音で続けた。

「御屋形様には、委細承知とお伝えくだされ」

「よろしいのですか。隆房殿との約定を違えることになりますが」

「いえ、逆です。既に御屋形様は隆房殿を恐れ、それがしに援兵を命じておられる。隆房殿がこれをこそ狙っていたのだとすれば、どうですかな」

「馬鹿な。それでは戦になりますぞ」

弘中の顔が一変して緊張を湛える。ごくりと唾《つば》を飲み込んだ後に、言葉が続いた。

「捨て身の策ということですか」

元就は大きく頷いた。

「昨年の決起が成らなんだことで、隆房殿は肚を括《くく》ったものとお見受けします」

昨年の物足りぬ方針は、やはり相良があったからなのだ。何ゆえ嫡子たる義尊の家督を認められぬのか、相良を除けば全て片付くではないか――そう主張する者が多く、隆房はこれを説き伏せられなかった。実に、若い。

だが大内家という枠組みは、残念ながら既に役目を終えている。相良ひとりの首でどうにかなるものではない。だからこそ隆房は、戦を構える道を選んだのだ。

弘中は緊張した顔の中に懸念を滲ませた。

「もしや、隆房殿から離れる者も出るのではござらぬか」

元就は、驚いた顔を作った。

「貴殿は、そうなされますか」

返答はないが、弘中の顔には「否」と書かれている。それを見て、にんまりと笑った。

「同心したのは御屋形様を見限った者ばかりです。人の信とは、得るは難く失うは容易い。一度失われた信を再び得るなど、並大抵のことではござらぬ」

「なるほど。然らば」

しっかりとした頷きが返された。どうやら、こちらも肚を括ったらしい。

弘中は全てに得心し、毛利が義隆に助力するという表向きの返答を携えて帰って行った。ひとり広間に残った元就は、ふう、と長く息を吐いて目を伏せた。

大旨に同意しながら細かな違いがある。そうした者を束ねるに於いて、戦という極限は格好の場である。揺るぎなく結束せねば自身の死という破滅が待っているのだから、当然だ。自らに足りぬもの――経験ということを、隆房はそれによって埋めようとしている。

戦に及んで義隆を押し込むのなら、余の者とて、よもや嫡子だからと義尊に家督を取らせることはあるまい。大内という枠組みを壊し、膿《うみ》を抜いて、残すべきところを核に作り直す。それこそが西国に新たな支配を打ち立てる唯一の道なのだ。

「伝わった……のか」

そうあって欲しい。元就は、ゆっくりと立ち上がって広間を後にした。

数日が過ぎて二月の声を聞いた。果たして隆房は、興隆寺修二月会に於ける大頭の役目を投げ出した。大内家最大の年中行事は、当然ながら行なわれない。

異常な事態の中、四月、大内義隆は三たび相良武任を召し出した。武功の者にとって相良は恨み重なる敵だが、未だ義隆を支えんとする者にとっては格好の旗頭である。これを担ぎ出したとは即ち、義隆が隆房を敵と認めたのに他ならなかった。

＊

「またか」

若山城本丸館の居室にあって、隆房は苦笑を漏らした。山口の内藤から寄越された書状を手にしている。先日、相良が召し出されたそうだ。

戦に於いて何ができるでもない者を呼び戻す辺り、義隆は相当にこの隆房を恐れているのだろう。それは寂しい。しかし、致し方ない。己を警戒すれば、山口では常に兵を動かせるように整えるだろう。それによって義隆が大内の尚武を思い出してくれるなら、首を刎ねられても良かった。

もっとも、そうはなるまい。学芸と遊興に耽って浪費を繰り返し、継室の小槻氏に耽溺《たんでき》して何でも願いを聞き入れ、すっかり堕落して国の内外を省みなくなった人である。この上に相良が呼び戻されたとあっては、もう諫言すら吐く者はいなくなろう。

「わしが動けば」

独りごちて文箱《ふばこ》の蓋《ふた》を開け、内藤の書状を収める。そして別の一通を取り出した。昨年の決起に際し、元就から送られた書状である。改めて中を見れば、昨年の方針を「手ぬるい」と断じたひと言が胸を揺さぶり、大きく溜息が漏れた。

この上で何らかの動きを見せれば、間違いなく義隆と干戈《かんか》を交えることになる。とうに義隆を見限っている内藤や杉、問田、弘中に江良、そして元就は、戦になれば味方してくれるだろう。義隆に従って一時の恩賞を受けても、その先には大内の滅亡という末路が見えているからだ。未だ思慕の情を抱く相手と戦うのは胸が痛むが、皆が一枚岩になるには必要なことだ。

しかし――。

「手ぬるい、か」

書状の一文を読み返し、ぼそりと漏らした。

昨年の決起に際して立てた方針は、確かに甘い。吉川家の押し込みを手助けし、今また吉川の先代父子を討った元就から見れば、なおさらであろう。

「宮川。これへ」

大声を上げ、手を叩く。ほどなく宮川が居室に参じて縁側で跪いた。

「お呼びにございますか」

「皆を集めよ。評定を開く」

宮川は「承知」と返し、足早に立ち去った。

半時の後、陶家の重臣が城の広間に参じた。右手筆頭に宮川、次いで若山城代・三浦房清《みうらふさきよ》、山崎隆次《やまざきたかつぐ》の順に座を取る。左手には末富志摩守《すえとみしまのかみ》と野上賢忠《のがみかたただ》が座った。

皆を見回すと、隆房はおもむろに発した。

「話は他でもない。我らの本懐……御屋形様を押し込む一件についてだ」

末富が面相を緊張させ、身を乗り出した。

「日取りをお決めになられたのですか」

隆房は「いや」と首を横に振った。

「此度こそ不首尾は許されぬ。御屋形様のお気が緩むのを待たねばなるまい。山口の内藤殿から諸々が報じられるゆえ、吉日は追って決める。その前に」

「大内の家督にございますな」

宮川である。長らく共に山口にあったがゆえ、話が早い。大きく頷いて返した。

「昨年の決起に先立ち、元就殿に手ぬるいと評された。取るに足らぬ者の言なら捨て置くが、毛利は大内一門ぞ。安芸を鎮めた実もあらば、その言は重い」

評定の一同が唸り、或いは腕を組み、或いは瞑目して考えている。

しばしの後、三浦房清が口を開いた。

「それがし思いますに、御屋形様にご隠居いただいたとて、若君を当主に据えては何も変わらぬものと存じます」

隆房は、やや落胆して発した。

「それは端から承知しておる」

亀童丸義尊は未だ七歳の稚児《ちご》である。これが家督を取るとなれば、生母・小槻氏が何かと口を挟むだろう。大内を立て直すには多分に厄介である。隆房が義尊の家督に反対だったのは、相良の胤だと確信していることも然りながら、まずはこの点が大きい。

「若君を差し措《お》いて他の者が家督を取る。誰ひとりこれに異を唱えぬようにするには、どうすれば良いかを問うておる」

山崎隆次が「おや」という顔で発した。

「御屋形様と戦にならば、此方《こなた》の大将は殿にござりましょう」

大将の座にある以上、隆房が義尊の家督を認めねば済むのではないかと言う。戦を構えての押し込みとなれば、確かに山崎の言うとおりだ。しかし隆房には懸念があった。

「誰もが進んで手を貸す訳ではない。味方した中にも、風向きを読んだだけの者は必ずある」

「ふむ……殿のご裁定を不服とする者も出ましょうな」

野上賢忠の言に、隆房は「ああ」と頷いた。

「火種は少ない方が良いのでな」

全ての者が是とするやり方など存在しないことは隆房とて承知していた。しかし連年の天役で疲弊した大内を立て直すのに、無駄な手を打っている暇もまた、なかった。

「もし」

小声が聞こえた。皆が宮川を向く。宮川は少し気圧された風に、言葉を拾うように続けた。

「その……若君がご落命とならば、他のお方を当主に戴くことを、皆様が是となされるのでは」

隆房は、ぶるりと身を震わせた。

義尊は相良の子だと、己は信じている。ゆえに、これを討ったとて不義の根を断つと思うばかりだ。しかし他の者はどうか。何より、義隆はどう思うだろう。

「若君ご落命とならば、生き残る御屋形様が火種になるとは考えぬか」

探るような声音で問うと、宮川は落ち着かぬ口ぶりで返した。

「御屋形様に、さほどの気骨が残っておりましょうか。それがし、殿に従うて長く山口にありましたが、とても……」

「御屋形様はきっと、お嘆きあるばかりだろう。だが、それを出汁に使って火の手を上げる者が」

即座に応じながら、言葉が止まった。

毛利と吉川――評定を開くに先立って考えたことが脳裏に蘇《よみがえ》った。じわりと顔に苦渋が染み渡ってゆく。それでいて目だけは大きく見開かれていた。

「……そうか」

元就は吉川家の先代父子を幽閉し、火種になると判じるや、これを襲って討ち取った。大内と吉川では押し込みの労苦や大きさが全く異なるが、このことだけは同じなのだ。

「御屋形様を」

消えそうな掠れ声で発した。

義尊を亡き者にしても、父の義隆が生き残っていれば、またぞろ戦の神輿《みこし》にされる。なまじ生き残っているからこそ、いくつもの火種ができるのだ。

「御屋形様と若君を」

どうあっても後の乱れに繋がるのなら、取るべき道はひとつしかない。

「討ち取るべし」

静かな、それでいて厳かなひと言を放った。広間の一同が震撼して色を失う。隆房も同じであった。西国の雄・大内家を守り、義隆に暗愚の烙印《らくいん》を押させぬためには、その義隆をこそ討たねばならぬ。その矛盾、皮肉に身が打ち震えた。

宮川が、顔をがちがちに固めて問うた。

「皆様にも？」

隆房は目を瞑《つむ》って返した。

「諮らぬ。戦なれば、御屋形様と若君は……我らの知らぬところでご落命されることもあろう」

命は助けようとしていたが、戦の混乱に呑まれて落命してしまった。その形を作るべし。

「そうせねば、大内は滅ぶを待つばかりぞ」

かっと目を見開いて家臣たちを睨み据え、声音に気迫を込めた。

皆は、しばし気が落ち着かぬ風であったが、やがて宮川が頷いた。

「どこまでも、殿を信じて付いて行くのみ」

次いで末富志摩が、震える声を発した。

「殿が目指しておられたこと……大内が西国を束ねることに、近付くのですな」

「そのために、まずは大内を守る」

厳かに応じる。末富が、ゆっくり、しっかりと頷いた。続いて野上が雄叫《おたけ》びを上げた。

「それがし、殿と共に悪名を頂戴する覚悟にござります」

「我も」

「わしもです」

三浦が踏ん切りを付けるように勢い良く頷き、山崎が右手に拳を固めた。

狂気を孕《はら》んだ昂ぶりが冷めるのには、しばらくの時を要した。

以後、隆房は山口の内藤に、軽挙を慎むように申し送った。こちらから何か発するまでは、ひたすら「義隆に従う」と言い続けるように。いざというところで皆が寝返れば、義隆は戦に及ぶことも叶わず、押し込みも容易いはずだと。

一方では豊後の大友家に密書を送った。家中の多くが義隆父子を討つことに同意した。ついては嫡流の途絶える大内家に、かつて猶子となりながら離縁された晴英を再び迎えたいと。

内藤への申し送りだけで、同心した皆がこちらの決意——義隆父子を討つ企てを知り果せるはずもない。大友家への密書も隆房の独断である。嘘、偽り、それも手管なのだ。誰彼問わず欺いてみせよう。大内家のためと思えば後ろめたくはなかった。

＊

息を潜めるとは、息が詰まることでもある。己は良い。しかし陶の家臣はどこまで耐えられるだろう。半年か、或いはもっと短いか。いつになったら義隆は気を緩めるのか。

当の隆房自身が焦れ始めた頃、待ち望んだ報せがもたらされた。八月三日——陶家中の評定から三ヵ月ほど後の晩であった。

「来た……」

内藤からの書状を手に、隆房は身を打ち震わせた。

八月二十六日、将軍・足利義輝《よしてる》の使者が山口の築山館に下向する。使者の用向きが済んだ後は宴となり、この時ばかりは義隆も気を緩めていると記されていた。

「宴は二十七日と二十八日の二日間……使者はその後も山口に留まる」

呟いて、隆房は背を丸めた。山口を固める兵があったとて、使者が滞在する間は町中に配するはずもない。どうあっても相手の動きは遅れるのだ。

主君を討つと決めてから三ヵ月、若山城では密かに兵をまとめていた。各地の郡代が束ねた地侍と郎党衆はおよそ千五百、それとは別に足軽を千も雇い入れ、郡内の村々に紛れさせている。総勢二千五百が戦支度を整えるには十日もあれば十分だ。

「宮川、三浦、末富」

呼ばれた三人はすぐ居室に参じ、廊下に片膝を突いた。隆房は言下に命じた。

「我らが決起は八月二十八日と決めた。末富は問田殿に書状を」

問田の治める石見では、国衆の吉見正頼が隆房と相容れない。山口で変事があれば必ずや敵に回って背後を衝こうとする。問田には、この吉見を押さえ込むべしと指示を出した。

「宮川、おまえは内藤殿だ」

使者を迎えての宴を警護するという名目で、杉と共に国許から手勢を呼び込んで欲しい。山口を囲むように布陣し、陶軍の到着を待って叛旗を翻すべし。内藤の長門、杉の豊前、それぞれ兵の数は千ほどを望む。

次いで隆房は三浦に命じた。

「おまえは弘中に遣いいたせ。岩国から兵を動かし、安芸厳島《いつくしま》の神領と桜尾《さくらお》城を押さえた後、この若山城に五百を向かわせるよう伝えよ」

厳島北側の対岸・桜尾城を押さえるのは、義隆の退路をひとつ塞ぎ、併せて隆房軍と毛利の連絡を確実にするためであった。

「いよいよだ。頼むぞ」

三人は「はっ」と返し、すぐに駆け去った。

再びひとりになると、隆房は静かに溜息をついた。未だ慕情の消えぬ相手を討つにも拘らず、もう焦れながら日々を暮らさずに済むという安堵の方が大きかった。

そして二日後の八月五日、昼過ぎにもうひとつの報せが届いた。大友家からの密使、田北鑑生《たきたあきなり》である。

「面を上げられよ」

広間に入った田北が白髪頭を上げた。どことなく、尋常ならぬ気配を漂わせている。

「陶隆房殿。お目通りが叶い、恐悦至極に存じます」

目通りも何も、こちらの頼みに対する返答である。然るに、いやに畏《かしこ》まった物言いだった。

（或いは）

隆房は眉根を寄せた。もしや申し出に応じられぬという返事ではなかろうか。

思うと、田北はまた平伏の体となった。

「今を去ること十七年前、それがしは豊後で大内と戦い、貴殿のお父上に手傷を負わせたものにござる」

隆房は寸時、呆気に取られた。然る後、腹を抱えて笑った。

「何かと思えば、左様な話でござったか」

戦場で斬り結ぶのは武士たる者の常、しかも乱世に於いては昨日の友が今日の敵となるのも珍しくない。手傷ひとつを気にしていては、大望など如何にしても成し遂げられぬ。そう言って負い目を流してやった。

田北は「おお」と感嘆して顔を上げた。

「さすがは名将・陶興房《おきふさ》殿のご子息にござる。斯様なお方にならば、晴英様の御身をお任せできるというもの」

今度は隆房が「おお」と漏らした。

「お聞き入れくださるか」

「我らが主君・義鎮《よししげ》は大内家中の乱れを知り、案じておったのです。されど晴英様が、乱国の主となるは武家の誉れだと仰せになられましてな」

聞いて、隆房は幾許《いくばく》かの怒りを湛えた。晴英の言は武士の覚悟を示すようでいて、実のところは違う。大内の家督、自らの手に入るはずだったのに取り上げられてしまったものが再び目の前にちらついて、欲に踊らされただけなのだ。

（主君を挿《す》げ替えるのが、どれほど難しいか）

他ならぬ大友家にあれば、晴英にも分かっているはずだ。何しろ晴英の兄、大友の現当主たる義鎮は、昨年二月に父・義鑑《よしあき》を討って家督を継いだ者である。父に嫌われ、廃嫡されそうになった上での決起だった。

変事で当主が替われば、改めるべきことは多い。豊後一国の領しか持たぬ大友家でも、大層骨が折れただろうことは容易に想像が付く。義鎮が渋ったのはそのためだ。まして大内は周防、長門、豊前、筑前、石見、そして安芸と備後に跨《また》がる大国である。これを治める労苦など、変を起こさんとする己ですら気が遠くなるほどなのに。

もし晴英がずっと義隆の猶子であったなら、大内はここまで乱れなかったかも知れない。そのまま主君と戴くとしても懸念など抱かなかったろう。しかし、計らずもこの決起によって分かった。晴英は甘い。元就に手ぬるいと評された己以上に、何も分かっていない。

「もし、陶殿」

しばらく黙っていたからだろう、対面する田北は、やや不安げなものを見せた。隆房は「いやいや」と頭を振った。

「晴英様の気概に感じ入っており申した」

作り笑顔の陰で思った。義隆を討ってでも守らんとする大内家なのだ。晴英が蒙昧なら、それでも結構だ。傀儡《かいらい》、飾り物の主君として使わせてもらえば良い。

「ついては、ひとつお頼みしとう存ずるが」

隆房は面相を引き締め、じっと田北を見た。向こうも居住まいを正した。

「如何なることにござりましょうや。それがしに、できることなら」

「なに、大したことではござらぬ。義鎮様が大友の家督を取られた一件、未だ大内に正式なお報せを頂戴しておらなんだはず。山口に向かい、それを報じていただきたい」

「左様なことで？」

それが何の意味を持つのか、という目である。隆房は胸を張って返した。

「我らが本懐を遂げ、晴英様をお迎えするのに、是非とも必要なのです」

今ひとつ飲み込めぬ風ながら、田北は「貴殿がそう仰せなら」と承知して帰って行った。

田北を山口に向かわせたのは、念を入れるためであった。

陰で兵を集めている間は気取られなかったが、いざ戦支度をするに至っては、どうしても動きが大きくなる。決起の日まで多くを悟らせぬため、大友からの使者という重大事で、少しでも山口の目を逸らしておきたかった。

十五日後の八月二十日、弘中が動いた。先に三浦房清に言伝させたとおり、弘中は自領・岩国から七百の兵を出し、厳島神領に五十、桜尾城に百五十を置いて押さえ、残る五百を若山城に寄越した。到着は二十六日であった。

二日後、八月二十八日の早暁、若山城から続々と兵が進発した。陶の手勢二千五百、弘中の寄越した五百、総勢三千が一路西を指す。

陶がまとめた兵は地侍だけあって、古びた具足姿が多い。雇い入れた足軽に至っては、錆《さび》の目立つ貸し具足だけの粗末な姿であった。個々の見た目だけなら頼りなく映る。しかし七隊に分けられた行軍は整然とした列を作り、無駄口ひとつ利いていない。それぞれを率いる将に気の緩みがないという証であった。

時は、来たれり。

弘中の寄越した五百を殿軍《しんがり》に置き、隆房の本隊はその前を行軍している。陶の家臣が率いる五隊がそれぞれ三百を率いているのに対し、本隊は千人の作る列が道一杯に広がっていた。

隆房は本隊の中ほどで馬上に身を置き、目を閉じた。瞼の裏に義隆の姿が蘇る。

若き日には、凜《りん》とした高貴な佇まいであった。穏やかな心根は生来のもの、あの頃から学芸や遊興を好む人だったが、三百年以上続いた家柄を尊び、武にも目を向けてくれていた。

今の義隆に、往時の面影を見ることはできない。八年前、月山富田城の戦いで養子・晴持を失った日を境に、大内の当主たる気持ちの張りを失ってしまったからだ。

己はあの戦で、兵を退くという決断ができなかった。兵を進めよという己の言を、義隆は退けられなかった。互いにひとつずつ深い過ちを犯し、大敗を喫した。今日という日を招いたのは全てその結果なのだ。

（けじめを付けましょう。それがしも、御屋形様も）

大内を守り、義隆の名を守るため、甘んじて後世に主殺しの悪名を残すべし。改めて心に思うと、閉じていた目を開いた。

＊

防府へと続く道、北西に見遣る大平山《おおひら》には、ちらほらと紅葉が覗《のぞ》き始めている。山から吹き降ろす秋風に、隆房は小さく身を震わせた。

陶軍は防府に入って一夜を明かし、翌二十九日、早暁から道を北西に取った。十五里余りを踏み越えて昼前に山口に至れば、町はかつて見たことのない物々しさであった。京を模して造られた縦横の大路口を、全て軍兵が固めている。

「止まれ」

隆房の下知を馬廻衆や将が復唱し、やがて行軍はぴたりと止まった。町を囲うように配されていた兵が駆け出し、南方――陶軍の正面に横陣を布いた。兵たちの背後には二棹《さお》の将旗が翻っている。片方は「下がり藤」に囲われた「内」の一字、もう一方は「枝牡丹《えだぼたん》」の紋、それぞれ内藤と杉の手勢であると知れた。

「宮川」

大声を飛ばすと、ひとつ前の隊から伝令の馬が二騎、兵列を離れた。

「道、空けい」

宮川の号令に従い、兵がさっと左側に避《よ》ける。空いた右半分の道を馳せ、伝令が前へと進む。すると向こうからも二騎が前に出た。それぞれ紫糸縅《むらさきいとおどし》と緋糸縅《ひいと》、胴の鉄板を黒々と塗った見栄えのする桶側胴《おけがわどう》具足は、内藤興盛と杉重矩であった。

こちらの伝令に導かれ、ほどなく内藤と杉が隆房の前に参じた。

「陶殿、お待ちしておりましたぞ」

「約定どおりのお味方、かたじけない」

内藤と馬上で挨拶を交わす。もう一方の杉は、少しばかり不機嫌な風であった。

「いささか遅い。御屋形様は築山館を出て北山に退いてしもうたぞ」

北山とは、山口の町と築山館が背を預ける北面の山である。ここには浄土真宗法泉寺《ほうせん》があり、義隆はその寺に入っているという。

「退き際を叩けば、戦も楽に終わったものを」

杉は未だ不平を漏らしていたが、隆房は「おや」と首を傾げた。

「御屋形様の兵は、それほどに少ないのか」

またも相良武任を呼び戻し、はっきり「陶は敵」と認めていながら、まさか備えが薄かったとは思えない。なのに、一戦も交えずに退くとは。こちらの怪訝な顔に、杉は「ふふん」と鼻で笑って応じた。

「初めは三千だったがな。一夜で二千に減っておる」

内藤が少し説明を加えた。

山口では二十六日頃から隆房の謀叛が噂され始め、町衆も多くは家財を持って逃げ散ってしまった。それでも義隆は将軍の使者を迎え、盛大に宴を張ったという。

「陶殿のお下知どおり、我らはずっと御屋形様にお味方すると言い続けておりました。御屋形様が悠々と宴に興じておられたのも、それを信用してのことかと。ただ、冷泉が、館から逃げようとしつこく忠言しまして、昨日のうちに法泉寺に移った由にござる」

「冷泉が……ですか。相良は？」

内藤の穏やかな態度がやや固くなった。

「あやつめ、行方を晦《くら》ましてござる。戦の『い』の字も知らぬくせに、逃げ足だけは速い」

隆房は、呵々《かか》と笑った。

「法泉寺の兵が一夜で千も逃げ出したのなら、向こうは腰が引けておるのです。早々に決着させて追手を出さば、相良如きを捕らえるのは訳のない話にござろう」

そして内藤と杉に、交互に目を向けながら発した。

「まずは北山の兵どもに見せ付けるべし。我らの敵になるのが、どういうことか」

三人は頷き合い、それぞれの手勢を率いて山口の町に踏み込む。築山館の東門から一里ほど南の表通りに兵を進めると、隆房は馬上で呼ばわった。

「太鼓、打てぃ」

背後に運ばれた陣太鼓が、ドン、と叩かれる。径四尺の大太鼓が空気を震わせ、背を押されたような感覚があった。それに続いて、ドン、ドン、ドン、と三度鳴らされた。

音に応じ、表通りを埋め尽くした兵が一斉に前に出た。陶軍の先手、三浦房清の三百である。兵たちは喚声を上げ、北へと続く大路を駆けて行く。そして築山館の東門に至ると、正面にある相良武任の屋敷を打ち壊し始めた。

ひと抱えもある丸太を十人余りの兵で持ち、閉ざされた屋敷の門へと突進する。がん、と激しい音がして兵の足が止まった。兵たちは丸太を抱えて後退し、また奇声を上げて突っ掛ける。繰り返すこと四度、城の門ほど堅固ではない扉は呆気なく打ち破られた。

「掛かれ」

馬から降り、支度された床机《しょうぎ》へと座を移す中、三浦の大声が響いた。兵たちの絶叫が、すぐにそれを飲み込んだ。

打ち抜かれた門から雪崩れ込んだ兵は内側から塀を叩き壊し、ある者は屋敷の中に入って財物を持ち出した。またある者は屋根に登って瓦《かわら》を剝ぎ、菜種油を撒いて火を放った。相良屋敷はものの一刻で散々に打ち壊され、紅蓮《ぐれん》の炎に包まれた。轟々《ごうごう》と音を立てる炎の中、屋敷の棟木がばりばりと爆《は》ぜて崩れ落ちる。夥《おびただ》しい黒煙が上がって日の光すら遮られるようになると、わずかに残っていた近隣の町衆も算を乱して逃げ惑い始めた。

これを見届けると、隆房は腹の底から声を上げた。

「それ、次だ」

相良屋敷を襲った三浦の三百が走る。後れを取ってはならぬとばかり、末富志摩守や山崎隆次が手勢を率いて駆け出した。そして江良房栄や青景隆著ら、山口にあって隆房に味方した将たちが、弘中の寄越した岩国勢五百を率いて町に散る。内藤と杉も手勢を連れてこれに続いた。

冷泉隆豊、右田隆次を始め、天野《あまの》隆良《たかよし》、大田《おおた》隆通《たかみち》、藤嶋《ふじしま》実直《なおざね》、小幡《おばた》義実《よしざね》——義隆の近習《きんじゅ》たちの屋敷が次々と打ち壊され、あちこちで火柱が上がった。

戦というのは狂気の場である。ことに、この戦場には敵兵の姿がない。問答無用の勝ち戦なのだ。猛《たけ》り乱れた兵は、次第に暴虐な獣の群れと化していった。

「わしらから取ったもの、返してもらうぞ」

足軽の群れから、裏返った絶叫が上がった。すると周囲から歓声が湧き起こり、百ほどが一団となって築山館に押しかけてゆく。

「宮川！」

隆房の声に応じ、宮川が馬廻衆と共に参じた。

「房長、これに」

「築山館に入れ。足軽共が乱妨取りに及んでおる」

宮川は憤怒の形相を見せた。

「怪《け》しからん。如何に処しましょうや」

「館の財は大内の財、戦の後で必要になるものぞ。我が元に運ぶと申す者には恩賞を約束せよ。それを聞かずに持ち逃げせんとする者は首を刎ねるべし」

宮川は「御意」と発し、精兵百を率いて築山館へ向かった。

火の手は未だ収まらない。義隆近習の屋敷から隣家に燃え広がり、ついには築山館からも煙が立ち始めた。

しかし隆房は「館の火を消せ」とは命じなかった。この館は大内家三百年の基であるが、同時に義隆の堕落を助長した、都かぶれの毒の温床でもあった。尚武の名門を立て直すには、形ばかりの栄華など消えてなくなる方が良かった。

館に火が回ったことで、いきり立った足軽も肝を冷やしたのだろう。一時もすると皆が財物を手に逃げ出し、その多くが隆房の元に参じた。

築山館から接収した財貨は金銀や宋銭に加え米麦や反物、酒や味噌《みそ》などの樽物《たるもの》、陶器や高価な磁器、書画の類《たぐい》など、数多《あまた》の種類に及んだ。大まかに値踏みしただけでも、四万の兵を二年も養えるほど莫大な財である。だが大内本来の力からすれば、この十倍もなければおかしいのだ。義隆が如何に放蕩を繰り返していたかの証であった。

焼き討ちが未だ終わっていない以上、隆房は諸々の報を受けて下知を飛ばさねばならない。財物の接収と勘定は、ひととおりを宮川に任せて床机に戻った。

と、すぐにひとりの伝令が進み出で、一間を隔てて跪いた。

「申し上げます。末富様よりお伺いの儀ありて参じました」

打ち壊したいずれかの屋敷に、見つけたものでもあったのか。或いは人を捕らえたのかも知れぬ。眼差しで「聞かせよ」と促すと、伝令はまた一礼して続けた。

「実は先ほど、北山から出された使者を捕らえてござります」

如何に謀叛とは言え、使者に何らかの害を加えるのは戦の作法に反する。末富とて承知していよう。つまり、こちらにとって良からぬ話を携えた者だったと見て良い。

隆房は「ふむ」と頷いた。

「北山が誰ぞに援兵でも頼んだか。この期に及んで応じるとすれば、筑前の杉興運か石見の吉見正頼くらいだが」

「いえ、そうではござらぬのです。内藤様への使者でして」

伝令が仔細を話す。北山に逃れた義隆は、頼みの綱とばかり、内藤に縋ろうとしたらしい。自らが隠居して家督を嫡子・義尊に譲るゆえ、それで矛を収めて欲しいという嘆願を携えていた。

「然りとて末富様は、この軍の大将は殿であると仰せになられまして。まずは殿のご裁可を得てからでなくてはと」

末富と同様、内藤も誰かの屋敷を襲いに向かっている。もし義隆の使者が過たず内藤を訪ねていたら、あの温厚な徳者のこと、情に絆《ほだ》されていたに違いない。末富がそれを阻んでくれたのは天佑《てんゆう》であった。

事情を知り、隆房は「ふう」と息をついた。

「今から言うことを、その使者とやらに伝えるが良い」

そして大きく息を吸い込み、厳かに発した。

「こと、ここに至っては御屋形様も潔くあるべし。以上だ」

「はっ。殿のお言葉、間違いなく承りました」

隆房は大きく頭を振った。

「違う。内藤殿の申し様である」

「え……されど」

「内藤殿の申し様である」

ぎろりと目を剝《む》いて繰り返す。伝令はすっかり恐縮し、平伏せんばかりに頭を下げた。

「委細、承知仕りました。内藤様の仰せ、確かにお伝えいたします」

「もうひとつ。これは、わし自らの下知だ。打ち壊しが終わり次第、すぐに手勢をまとめ、これへ戻るように。町中に散った余の者にも伝えよ」

「は……はっ」

駆け戻って行く伝令を見送り、隆房は「あと少しだ」と呟く。そして、引き締めた顔をにやりと歪めた。

一面の火の海、狂乱の地獄絵図は三時ほどで終わりを告げ、諸将の隊は隆房の元に戻った。町の各所には未だちらちらと炎が残り、燻《くすぶ》る煙を空に立ち上らせている。だが、もはや勢いを得た大火ではない。

築山館での乱妨取りは禁じたが、相良を始めとする近習の屋敷では好きにさせた。思うさま暴れた兵たちは、一面で清々《すがすが》しい顔をしながらも、一方ではなお満たされぬように爛々《らんらん》と目を輝かせている。

頂点に達した気勢を察し、隆房は下知を飛ばした。

「北山に攻め掛かる。列、整えい」

隊列は瞬く間に整ってゆく。その様子を見て、にんまりと胸中にほくそ笑んだ。

味方は五千、北山には屁《へ》ひり腰の二千のみ。帰趨《きすう》の明らかな戦には策を差し挟む余地がない。

（だが）

己は欺かねばならぬのだ。敵を、ではない。内藤と杉、そして江良や青景など、味方の皆をである。

すっかり整った兵列を見回して、隆房は大声で呼ばわった。

「これより陶の山口屋敷を本陣とする。法泉寺に斬り込むは陶の手勢のみ。江良と青景は岩国衆を率いて寄せ手の後詰に控えよ」

大内を救う。己は常にそう言い続けてきたし、今でもその思いには一点の曇りもない。

――だからこそ、主君を討たねばならぬ。

これに得心できる者が、どれほどあるだろう。陶の家臣は己に従うと誓いを立てたが、余の者が同じとは限らない。ゆえに同心した皆には、義隆父子を討つことを明かしていなかった。

町を襲わせたのは、そのためである。味方の血気を煮えたぎらせ、敵の意気を完全に呑んでしまえば、あとひと押しで戦は楽に終わる。隆房本隊を除く陶軍から千五百だけ出して北山を攻めたとて誰も疑いを抱かない。

（そして）

陶の家臣だけに寄せ手を命じれば、乱戦の中で義隆父子を「意に反して」落命させられる。思いつつ、兵列の前に立つ内藤と杉に目を遣った。

「内藤殿、杉殿。お二方は軍目付として我が左右にあるように」

杉が愉快そうに笑った。

「さても、さても。今となっては北山の兵も怖じ気付き、多くは逃げておろうな。陶殿の手勢に任せ、わしらは本陣で高みの見物と洒落《しやれ》込もう」

「杉殿。気の緩みは戦をあらぬ方に転がすぞ。先に申したとおり、貴公と内藤殿は我が左右にあって本陣を支えてもらわねばならん」

敢えて咎めながら、隆房は心中で高らかに笑った。杉の放言は、大方の心中を言い表したものなのだ。

「内藤殿、よろしいか」

隆房が目を向けると、内藤も「もはや自ら出るまでもない」とばかりに、ゆったりと頷いた。

これで戦場には「荒ぶる足軽の狼藉」を食い止める者がいなくなる。策は、成った。

一時の後、陶軍は法泉寺に夜討ちを仕掛けた。山に火矢を射込み、火事を起こして寺を焼く。義隆も、亀童丸義尊も、この混乱の中で落命してもらうのだ。

夜も更けてくると、隆房は「何かあったら声をかける」と言って内藤と杉を先に休ませた。自らはひとり起きていて、静かにその報せを待った。

夜半、屋敷の庭に伝令が駆け込んだ。

「申し上げます。怪しい者を二人、捕らえてござります。いずれも北山から逃げ出した由にて」

意中の報せかと縁側まで飛び出したが、違うようだった。隆房は落胆し、苛立って返した。

「わしに報せるほどのことか」

「それが……二人のうち片方が、殿にお目通りを願うと、うるさいもので。北山にいたのは確かなれど敵ではない、味方なのだと」

「もうひとりは」

「薄汚い僧形を装っておりましたが、どうやら武士らしく。先に申した者、殿にお目通りを願っていた男を見て、酷く取り乱しまして」

隆房は「ふう」と溜息をついた。

「分かった。二人とも連れて参れ」

伝令は安堵の面持ちで下がり、やがて後ろ手に縛られた二人を引いて戻って来た。

「嫌じゃ！　離さんかい、帰せえや。ただの百姓じゃけん」

僧衣を着けた方が喚き散らしていた。声を聞いて、隆房は失笑を漏らした。

「おまえか。会いたかったぞ」

喚いていた男が「嗚呼《ああ》」と発し、取り乱した顔に諦めの念を滲ませてくずおれる。隆房の顔には歪んだ喜悦が浮かんだ。

「なあ、四郎」

昨年の決起を密告して頓挫《とんざ》させた、清ノ四郎であった。

もう一方はと見れば、そちらは焼き討ちの煤《すす》で酷く顔を汚していた。すっかり震え上がり、しかしこちらを認めると跪いて、すがるように
「隆房様」と叫んだ。安富源内であった。

隆房は伝令の者に命じた。

「騒いでおった方は極悪人ぞ。義隆公の寵愛を受けて付き従う身ながら、主君を見捨てて逃げたのだ。五体を切り離し、いちもつを引き抜いた上、河原に打ち捨てて晒《さら》し者にせよ」

あまりにも凄惨《せいさん》な下知に、伝令は震え上がった。

「あ、は……はあ」

「今すぐだ。連れて行け。もう片方は、わしが吟味する」

じろりと睨んでやると、伝令はごくりと唾を飲み、掠れる声で「御意のままに」と頷いた。引き摺られてゆく間、四郎はずっと泣き叫び、あらぬことを口走っていた。

四郎の声が聞こえなくなると、隆房は微笑を浮かべた。

「源内、久しいな」

「は……い。お、お助けを」

たどたどしく発したと思ったら、安富は縛られたままの格好で平伏し、捲し立てた。

「隆房様にお伝えせねばならぬと、北山から逃げて参ったものにござります。どうか、それがしの報せをお聞きくだされ。お助けくだされ」

思わず吹き出し、労《いた》わるように返した。

「殺すものか。おまえは最後まで、わしを裏切らなかった。報せとやらを聞こう」

安富は心から安堵して滂沱《ぼうだ》の涙を流し、顔を上げた。

「はい……。実は、義隆公と若君は、とうに北山を脱してございます」

「何だと。いつだ」

「夜討ちの少し前に。闇に紛れて西へと……されど、山口に庇護しておられた公卿の皆様もご一緒なれば、足は遅いはず」

「そうか。恩に着る」

隆房は手ずから安富の縄目を断ち切ってやり、屋敷に一室を与えて休ませた。然る後に内藤と杉を起こし、義隆が逃亡したことと、追手を差し向けることを告げた。飽くまでも「身柄を押さえるため」という名目であった。

法泉寺に残っていた義隆方の殿軍は、陶軍の猛攻によって夜明け前に壊滅した。隆房は夜が白むのを待たず、自らの手勢に義隆の追手を命じた。

寺を火攻めにしたため、翌九月一日（天文二十年八月は小の月で二十九日まで）の朝になっても北山の火事は収まっていない。後詰に配していた岩国勢にはこれを消し止めるよう命じ、江良や青景、内藤に督させた。杉には、当人たっての希望で相良の行方を追わせている。

隆房は本陣――陶の山口屋敷にひとり残り、落ち着かぬ一日を過ごした。

軍《いくさ》奉行から、敵味方で討ち死にした者の名を聞く。どれほど時が経ったかと思えば、半時も過ぎていない。昼餉を終え、昨晩から眠っていない疲れを取るために横臥《おうが》するも、やはり一時もせぬうちに目が覚めてしまう。本陣の輜重番《しちようばん》が庭に進み、築山館から接収した財物の総額を告げてゆく。まだまだ日は高い。時の過ぎるのがこれほど遅いと感じたことはなかった。

そうしてまた幾許かの時を過ごした頃、内藤が疲れた顔で戻った。

「ようやく目鼻が付き申した」

火事は概ね消し果せたそうだ。外はやっと夕闇となっている。庭に出て北山を仰ぎ見れば、火の勢いは明らかに衰えていた。空に漂う煙で山際と山の端が明瞭にならず、全体にぼうっとした薄灯《あか》りを発しているように映った。

「まずは、ご苦労にござった」

隆房は謝辞を述べて下人を呼び、二人分の夕餉を支度させた。陶邸とは言え戦時の本陣、ろくなものがあるではない。湯漬け飯と茄子《なす》の味噌漬け、豆の炊物に幾許かの酒を添えた膳である。

内藤は隆房に酌をしつつ、溜息をついた。

「あとは御屋形様と若君を捕らえるのみですな」

「ええ」

「もうひとつ、ございましたな。御屋形様ご隠居の後、誰を跡継ぎに据えるかを決めねば」

内藤の顔は満足そうであった。隆房は返杯の酌をして銚子を置き、自らの杯を舐めて手短に返した。

「晴英様を」

「やはり、そうなりましょうか。若君にも僧門に入っていただくしか、ございませぬな」

大事を成したという昂ぶりゆえか、内藤はいつになく口数が多い。

「何にせよ、これで大内を立て直せる。御屋形様と若君にはそれがしが目を配り、陶殿のなされたことをお分かりいただけるよう、長く時をかけて説いて参りましょう」

対して己は、普段よりもずっと言葉が少なかった。

「年の功、お頼みします」

返したものの、心中はざわざわと波立っていた。内藤は分かっていない——。

「殿」

居室の前、東向きの庭にひとりが進んで跪いた。三浦房清である。

隆房は弾かれるように立って廊下まで駆け出した。

「終わったか」

三浦は「はっ」と緊張した声を寄越し、鋭く一礼して口を開いた。

「本日昼四つ（十時）頃、大内義隆公、長門深川《ふかわ》の大寧《だいねい》寺にてご生涯と相なりました」

やった。

ついに、やってしまった。びりびりと背筋が痺れた。

「何と……」

発しながら内藤が座を立ち、廊下に進んだ。足許が覚束ない風ながら、声だけは切迫したものに満ちていて、三浦に「詳しく聞かせよ」と詰め寄った。

「然らば」

三浦は居住まいを正し、義隆の最期を語り始めた。

＊

大寧寺を取り囲んだ兵は五百、三浦はそのうち百を率い、本堂の裏手にぽんと突き出た小山を登った。急な山の斜面に施された隘路《あいろ》は十間ほどの間合いで九十九折《つづらおり》になっていて、何度も行き来しながら高みにある方丈へと続いていた。

何度めかの折り返しの後、崖《がけ》の如き山肌を左手に見て進むと、ようやく九十九折が終わる。ゆったりと左を向く道に沿って行った先には、坂道に細めの丸太をいくつも渡して階段を設《しつら》えてあった。

目指す山頂の方丈は小ぢんまりとした茅葺《かやぶき》屋根だった。楚々《そそ》とした土壁が、まばらな木々に囲まれている。こちら側に短く伸びた枝には、紅に染まった薄手の葉が湛えられていた。紅葉を通して降り注ぐ陽光が、空気そのものを赤く染めているように思えた。

三浦は兵の先頭で、ふと後ろを振り返った。寺の中に引かれた簡素な道ゆえ、一度に何人もが通れる訳ではない。三人も並べば一杯になってしまう。

（百では多すぎたか）

思いつつ、目を前に戻した。

北山の兵は、昨晩の夜討ちを前に多くが四散し、義隆も筑前の杉興運を頼って西へ逃げた。もっとも将兵はそっくり殿軍に残してしまい、義隆に付き従う重臣は冷泉隆豊ぐらいであった。他は戦などしたことのない公卿衆や女ばかりである。

義隆が、どういう道を経て逃れたのかは分からない。だが山越えで真っすぐに大寧寺まで来たとしても、四十里の道のりである。足手纏《まと》いを多く連れて、ひと晩でこれほどを進むのは並大抵のことではなかったろう。

（無常なるかな）

栄華を誇った大内の当主が、斯様な末路を辿《たど》っている。主君・隆房に従うと決めてはいたものの、首を取らねばならぬ役回りは気が重かった。

「そこな者、誰か。名乗れ！」

鬱々とした思いに沈みながら歩を進めていると、坂の上から大喝が降り注いできた。

はっ、として目を向ける。五間ほど登った先には方丈の質素な木戸があり、それを開け放った向こうに冷泉隆豊の姿があった。具足を脱ぎ捨てて鎧下《よろいした》だけの姿だが、腰には大小の刀を差している。これでもかと眦を吊り上げた修羅の形相は、さながら門を守る仁王であった。

三浦は、ごくりと唾を飲み込んで発した。

「陶尾張守が家臣、三浦房清にござる」

「逆臣に従う鼠賊《そぞく》めが。御屋形様の最期の御時を奪うことだけは許さぬ」

ぎらりと光った冷泉の目に、正直なところ恐怖を覚えた。たった今「最期」と言ったとおり、義隆は自刃するのだろう。その尊厳を守ろうとする気迫が真正面から押し寄せていた。山口にあっては、冷泉は文臣の相良と意を同じくすることが多かったというが、それでもやはり武士なのだ。命に代えてもという固い覚悟が、はっきりと肌に刺さった。

「御屋形様は」

声が掠れる。ひとつ咳払《せきばら》いして言い直した。

「御屋形様は、お腹を召されるものとお見受けいたす。お方様や若君、公卿の皆様もご同道なされますのか」

するとと冷泉は、先とは機微の異なる怒りを声に滲ませた。

「うぬは、御屋形様が左様に無情なお方と思うておるのか。お方様や女たちは道中で逃がした。若君も、公卿の皆様とて、死出の道連れになさるようなことはせぬ」

「これは……無礼を申し上げた」

三浦は思わず頭を下げた。冷泉は少し気を落ち着けたらしく、無理に押し潰したような声で静かに発した。

「御屋形様はただ今、同道する者たちと共に辞世を詠んでおられる。邪魔立てするなら、わしが相手だ。ひとり残らず道連れにしてくれよう」

　声音は静かなものだが、発せられる気迫はなお強さを増している。

　三浦は、ぐっと奥歯を噛み締めた。道は狭く、一度に寄せられるのは三人かそこらといったところだ。しかも方丈の木戸でさらに狭まっているのだから、実際には一対一にならざるを得ない。

（……勝てぬ）

　今の冷泉なら、率いて来た百を全て討ち取りかねない。己とて生きては帰れぬだろう。冷や汗が背筋を伝った。

「返答や、如何に」

　促され、三浦は努めて肩の力を抜いた。

「お待ちいたす。ご存分に」

「そうか。忝ない」

冷泉は目を伏せ、右手でぐいと拭うと、踵を返して方丈に向かった。

そして障子を開けて中に入り、また閉めきってしまった。

「み、三浦様」

「よろしいので？」

「逃げられては……」

後ろから口々に声が寄越される。振り向きもせず、囁くようにひと言を返した。

「わしは待つと言った。背くなら斬る」

兵たちは、それで口を噤んだ。

俯いて、静かに、静かに耳を澄まし、気を研ぎ澄ます。動くのは、逃げる気配を感じた時だけで良い。

息が詰まりそうな時をどれほど過ごしたろう。呼吸のひとつひとつが極めて長く、この上なく重たいものに思われた。

ふと、ぱち、ぱち、と音が渡って来た。顔を上げてみれば、茅葺の屋根から濃い鼠色の煙が幾筋も上がっている。火だ。方丈の内に、火が放たれている。

兵たちがどよめいた。方丈を焼き、これを盾に逃げる肚かと疑ったのだろう。しかし三浦は動かなかった。

正しくない。動けなかったのだ。

己が主君、陶隆房は義隆の名を守るためには討たねばならぬと言った。どういうことか、己には分からない。しかし主君が義隆を慕い続け、苦しみ抜いた上での決断だったことだけは、痛いほど分かった。だからこそ、従うと決めた。ならば今、己は動けない。動いてはならない。冷泉の言、そして義隆の誇りを、最後まで信じなければならないのだ。

やがて、すっと音もなく障子が開いた。

三浦は、ふう、と長く息を吐いた。開いた障子の向こうの暗がりから、冷泉が静々と歩を進めて来る。

「三浦房清、これへ」

声に従って、残り五間の坂を上る。渾身の力で地を踏みしめねば体が動かなかった。ようやく木戸まで辿り着く。三間を隔てた先の縁側で、冷泉は大事そうに胸に抱えた首級《しるし》を、両手で包むように差し出した。

「間違いないか」

生涯の時を見届けてはいない。嗚呼しかし、間違いない。物言わぬ首、青ざめて血を滴らせながら、何とも安らかなものを湛えた顔は、大内義隆その人であった。

「……確かに」

小さく頷いて見せると、冷泉は固く引き締めたままだった顔をゆるりと綻ばせた。

「礼を申す。良くぞ、御屋形様とわしを信じてくれた」

「何も」

首を横に振って返す。我ながらぎこちない動きだと思った。

「我が主の思いを奉じてこれへ参った上は、当たり前のことをしたまでにござる」

冷泉は、どう受け取ったのだろう。二度、三度と頷いた上で「しばらく」と発し、今や火の海となった方丈に戻って義隆の首を置き、再び外へと出て来た。

ばちりと音を立てて棟木が焼け折れ、屋根の中央がいびつに落ち窪《くぼ》む。隙間なく埋め込まれた萱《かや》の枝が擦《こす》れ合い、がさがさと騒々しい。

冷泉はそれをも掻《か》き消す大音声で呼ばわった。

「三浦よ。まことの忠臣の死に様、その目に焼き付けて隆房めに語ってやれ」

そして立ったまま腰から脇差を抜く。両手で柄《つか》を握って自身に向け

――。

「おう！」

ひと声と共に、腹に深々と突き込んだ。

「お……お」

左手を柄から離して刀の峰に当て、ぐい、と右へ一文字に押す。歯を食い縛り、額に脂汗を浮かせて刃を引き抜くと、今度は横に割った傷の上に突き込む。

「おお、お……おお、おう！」

そして、一気に下へと斬り下ろした。

冷泉は十文字に搔っ捌《さば》いた中に左手を突き入れ、自ら腸《はらわた》を引きずり出すと、震える右手の刀でそれを切り取った。

ぜい、ぜい、と荒い息が伝わる。燃え盛る方丈の熱気が冷たく感じ、炎の爆ぜる音など耳に入らなかった。

「え……い、やあ」

左手を力なく動かし、冷泉が臓物を投げ放つ。それはたった三間を飛ぶことなく、中途でべたりと地に落ちた。

一部始終を、瞬《まばた》きひとつせずに見届けた。全てが、ゆっくりに見えた。

ごつ、と縁側の羽目板が鳴る音で我に返る。目を遣れば、冷泉が、がくりと膝を突いていた。

「お見事に……ござった。介錯を」

申し出ると、聞き取れぬぐらいの返答があった。

「い、らぬ……」

そう口を動かしたかと思うと、ばたりと仰向《あおむ》けに倒れた。然る後、震える体を無理に捻《ひね》って起こし、末期の力を振り絞って業火の中へ這《は》って行った。

二度と、戻ることはなかった。

三浦は動けなかった。先には主君への信義ゆえだったが、今は義隆と冷泉の気高い最期を見届けるためであった。そうすることが、死地に追い詰めた者の役目であると思った。木戸に向け、これでもかと火の粉が飛んで来る。兵たちが、危ない、戻れと声を嗄《か》らしていたが、一歩たりとて動かなかった。

「危のうござる。こちらへ」

後ろから二人の兵に腕を摑まれ、無理やりに引き摺られる。そうした中でも、目だけはずっと炎へと向いていた。

一時半の後、大寧寺の方丈は周囲の紅葉を巻き込んで灰となった。断崖《だんがい》の山肌があることで、火は中腹の本堂にまでは至らなかった。

＊

全てを聞き、隆房は両の眼からひと粒ずつの涙を落とした。

「そうか。安らいだお顔をしておられたか」

語り終えた三浦は、肩の荷が下りたというように、長く、長く息を吐いた。

「寺の者に聞き申しました。御屋形様は覚悟を固めて和尚・異雪慶《いせつけい》珠殿《じゅ》の弟子となられ、戒名を授かった上でのご最期であったと」

安息の死に顔は、そのためかも知れない。或いは、違うかも知れない。


彼岸の人となった主君を、隆房は思う。嗣子・晴持を失ってからの現世《うつしよ》は、義隆にとって辛いことばかりの憂き世だったに違いない。そこから解き放たれるがゆえの安らぎだったとしたなら——手前勝手な考えだが、そうであって欲しいと思った。

(御屋形様。それがしは、きっと)

決してこの死を無駄にはするまい。どんなことをしてでも、大内家を守ってみせる。心中に固く誓って目元を拭った。

「……大儀であった。下がって良い」

発すると、三浦は一礼して駆け去って行った。

足音が遠ざかり、静寂が訪れる。

しばし無言の時を過ごした後、左手の傍らから、ようやく、といった風な震え声が届いた。

「陶殿……」

応じて顔を向ける。

内藤は寸時、気を呑まれたようであった。そして、こちらの目を見て悟ったらしい。この顚末《てんまつ》は、初めから決められていたのだと。

「押し込みでは、ござらなんだのか。御屋形様を亡き者にするなど」

隆房は、ゆっくりと頭を振った。

「貴殿も、手を貸したひとりにござる」

内藤は愕然として、ただ口をぱくぱくと動かすのみであった。わしは、何たることを――その言葉が声にならぬらしい。加担した責任があると認めている。

だが義隆を討ったのは、憎しみゆえではない。それだけは確かだ。

隆房は腹に力を込め、掠れそうになる声を支えた。

「大内は大国にござる。これが滅びたとあらば、御屋形様は愚物と誹られる。然りとて、お命が続けば火種となり、またも大内家の足許を危うくする」

内藤とて義隆の行状を散々に見てきた。このままでは危ないと胸を痛めたからこそ、押し込みの決起に同意したのだ。

「内藤殿。貴殿は末の娘御を毛利に嫁がせておられよう。元就殿が吉川興経をどう扱ったかは、ご存知のはず」

押し込まれておとなしくしていれば、元就も興経の命までは取らなかったに違いない。同じことは義隆にも言える。否、たとえ義隆が生き残ったとて、別意を抱きはしなかったろう。だが当人にその気がなくとも、担ぎ上げようとする者はきっと出たはずだ。

じっと見据えると、内藤はがくりとうな垂れた。

「貴殿の仰せは正しい。されど頭で分かっておっても、到底、得心できるものではござらぬ」

「では、それがしを斬りますか」

静かな問いに対し、俯いたままの白髪頭が横に振られた。

「してしまったことは、取り返しが付きませぬ。貴殿を斬れば……

やはり大内を窮地に追い込むでしょう」

隆房は大きく溜息をつく。応じるように、内藤はか細い声音で続けた。

「されど、これ以上の同心は致しかねる。ゆえに、わしは隠居いたします。罪を背負い、御屋形様の菩提《ぼだい》を弔いとう存ずる。後のことは倅たちと孫に任せましょう」

内藤はそれきり口を噤み、深々と頭を下げて陶邸を辞した。

先とは違う意味の溜息が、隆房の口から漏れた。内藤の決断が苦い。

だが、敵に回さずに済んだだけで良しとせねばならぬ。

他の者はどうか。元就と弘中は味方であり続けてくれるはずだ。

問田は領国の石見に於いて、義隆の姉を娶った国衆・吉見正頼を御しかねていた。戦の顚末をどう思うかは知れぬが、大内の家督と吉見を切り離せば動きやすくなるのだと示し、説き伏せる自信はある。

各地の郡代に加え、江良や青景らの将は、何かと言えば天役に頼る義隆――その実は相良なのだが――に怒り心頭であった。相良への憎しみと義隆への諦念を混同している者が、こちらの思惑を見通すとは考えにくい。仮に見抜かれたとしても、内藤のように重く受け止めるだろうか。杉重矩も、これらの者と同様である。

「杉……か。あの男は」

独りごちて廊下に腰を下ろす。気が付けば、辺りはすっかり暗くなっていた。

ひとりになると、抑えていた心が顔を覗かせた。たまらなく胸が痛い。

敬慕する人の名誉を守るには、その人を討たねばならない。背反する二つ、沈痛なる決断に行き着いてからというもの、気の休まる暇などなかった。義隆の自害でその苦悩は終わった。だが今日からは新たな苦渋に苛《さいな》まれる。きっとこの先、ずっとこうなのだろう。

「自ら進んで負うた重荷ぞ。気を強く持たねば」

隆房は呟いて瞑目し、改めて彼岸の義隆に掌を合わせた。為さねばならぬことがある。そう思うと、胸の内はただ冷え冷えと澄み渡った。

この翌日、義隆の嫡子・亀童丸義尊も落命に至った。義隆は自刃に先立ち、我が子の身を公卿衆に託して逃がしていたが、大寧寺の裏山に隠れていたところを見つかって首を刎ねられたものである。鎌倉府の頃から三百年続いた大内の嫡流は、これによって血脈を断たれた。

第三章　厳島

一・離れ行く道

元就《もとなり》は隆房《たかふさ》の決起に呼応して佐東銀山《さとうかなやま》城を押さえ、そのまま留《とど》まっている。月が変わった九月初旬、本丸館の庭から西の空を仰いで小さく呟いた。

「義隆《よしたか》公か」

大内《おおうち》義隆は生来の愚物ではない。月山富田《がっさんとだ》城での大敗を機に堕落してしまったが、曲りなりにも以後八年間は七ヵ国の領を保っていたのだ。それが大国の底力と言うは易い。だが父祖から受け継いだ地を保つのがどれほど難しいかは、他ならぬ己が重々承知している。

とは言え義隆は、戦に於《お》いて隆房が後れを取る相手ではない。弘中《ひろなか》が厳島《いつくしま》と桜尾《さくらお》城を固め、己が国府手前の銀山城を制し、それより東は小早川《こばやかわ》の水軍衆で海上を封鎖している。逃げ道をひとつ潰《つぶ》したからには、仮に取り逃がしたとて追撃は容易であろう。勝ちは疑いない。

「されど隆房殿。この先こそが大事ですぞ」

手ぬるい——義隆を押し込んだ後の対処を、己はそう評した。真意は伝わっているはずだ。戦に及んだのもそのためだろう。後の差配として半端なものにはなるまいし、以後の大内は二つに割れるかも知れぬ。

だが、それでこそだ。領内の困窮で民心が離れたからには、大国・大内の力も早晩底が見えてくる。民衆、俗衆、目先のことしか考えられぬ存在を再び束ねるには、もはや大内家を壊して新たな形を作る他はない。

「もっとも」

板間に腰を下ろしつつ思う。隆房と反目して大国を二つに割る者は、当面は筑前《ちくぜん》の杉興運《すぎおきかず》と石見《いわみ》国衆・吉見正頼《よしみまさより》くらいだ。毛利《もうり》と合力してこれらを平らげれば、そこに新生の息吹を生むことができよう。

「父上、父上！」

慌しく庭へと進む者があった。嫡子・隆元《たかもと》である。伝令をひとり従えていた。元就は少し眉《まゆ》をひそめた。

「なぜ、おまえがここにいる。郡山《こおりやま》の留守を任せたはずだ」

「それはご容赦を。火急の用件にござる」

様子がおかしい。憤然とした顔である。元就は首を傾げた。

「話してみよ」

「大内義隆公、九月一日にご生涯とのこと。翌二日には、若君もです」

伝令は己が銀山城にあることを知らず、郡山城に向かったらしい。隆元は先んじて戦の決着を聞き、急ぎこれへ駆け付けたものであった。

「そうか」

声に確かな張りを湛《たた》え、短く応じた。やはり隆房は分かってくれたのだ。義隆父子が討たれた以上、大内は滅亡である。以後の西国は陶《すえ》と毛利によって束ねられるだろう。

ところが隆元は目を剝《む》き、涙を滲《にじ》ませて声を荒らげた。

「そうか、ではござりませぬ。御屋形様《おやかた》がご自害なされたのですぞ。父上がひとつも驚かれぬ訳が、それがしには分かり申さん」

「おまえにも話したろう。大内領内は乱れておる。一から作り直さねばならぬと」

隆元は激しく頭《かぶり》を振った。

「だとしても、主君を討つなど！　非道、無道にござりましょう」

元就は口をへの字に結び、鼻から溜息《ためいき》を抜いた。

隆元は義隆を崇敬している。かつて人質として山口に上がっていたが、才を愛《め》でられ、偏諱《へんき》として「隆」の一字を受けたのを誇りとしていた。正室に迎えた内藤興盛《ないとうおきもり》の娘――義隆の養女とも睦《むつ》まじい。恩義に篤《あつ》いのは美徳であり、好ましい人となりである。だが、と元就は口を開いた。

「義隆公が生き残っていたら、誰かが神輿《みこし》にして火種を生む。そも、これは戦であるぞ。敗軍の将が自害するなど珍しくもない。潔くあられたのは、彼《か》の人の高邁《こうまい》を示す証《あかし》ではないか」

心外な、という目が向けられた。

「然《しか》らば、陶に屈せよと仰せですか」

「屈するのではない。毛利も、共に力を増してゆくのだ」

「得心できませせぬ」

隆元はひとつ叫ぶと、荒い息を二度、三度と繰り返して続けた。

「隆房め、義隆公と若君を亡き者とした上で、大友《おおとも》から世継ぎを迎えるとのこと。自ら大内を奪うのなら――」

「待て」

口を挟もうとしたが、激昂《げっこう》した隆元は引き続き捲《まく》し立てた。

「――潔い悪党ぶりと感心もしたでしょう。されど、これは己《おの》が悪行を被い隠す行ないです。大友から迎えられる晴英《はるふさ》殿とて、飾り物とされるは明白ではありませぬか。義隆公を担ぐ者が火種なら、晴英殿を担ぐ隆房は下衆《げす》にござる」

「待てと言うておる！」

一喝を加えると、我が子はようやく口を噤《つぐ》んだ。元就は自らの言葉を確かめるように問うた。

「大友から、晴英殿を……迎えるとは、相違ないのか」

隆元は、ぷいと顔を背けて返した。

「ここな者から確かに聞き申した」

傍らにある伝令は陶軍の者であろう。主君を痛烈に罵倒《ばとう》されているのに、隆元の剣幕に呑《の》まれて言葉も出ないらしい。元就が目を向けると無言で頷《うなず》いた。

「何たることか」

それきり、絶句した。

なぜなのか。戦に持ち込むための、昨秋からの蟄居《ちっきょ》だったはずだ。そのとおりに兵を挙げておきながら、どうして大内に拘《こだわ》る。いったい何のための戦だったと言うのか。

「父上が……何をお考えあって左様なお顔をなされているのか、分かりませせぬ」

隆元の声に目を向ける。己はきっと愕然《がくぜん》として、情けない面持ちなのだろう。焦点の合わぬ視線の向こうから、声が続いた。

「それがしとて、毛利が今すぐ大内を離れるは得策でないと承知しております。されど隆房は、ただの下衆にござる。きっと天が味方しますまい。毛利が力を蓄えると仰せなら、それもよろしいでしょう。いずれ隆房が行き詰まった時こそ、その力を使うべきかと。父上が何と仰せられようと、これを曲げる気はござりませぬ」

吐き捨てると、隆元は足音も荒く立ち去って行く。陶の伝令も、あたふたと後を追った。

ひとり残された元就は、額に手を当てて俯《うつむ》いた。

＊

義隆を討った後、隆房は本貫の富田若山《とんだわかやま》城に戻っていた。

山口の東南四十余里、若山山頂に築かれた城の本丸は麓《ふもと》から二町も高い。館の庭から見下ろす先、十月を迎えた田圃《たんぼ》は土が黒々としていた。そこから二里ほど向こうの海も、地の色を映したかのように青黒く映る。海渡りの風に冬の薫りを覚え、隆房は「ふう」と息をついた。

主君押し込みも下克上も、戦乱の世では是とされる。この主君では滅ぶを待つのみと思えば、家臣が結託して隠居に追い込み、或いは誰かが起《た》って討ち果たすのが常だ。謀叛《むほん》される方に非がある――生死の狭間《はざま》に日々を過ごす、殺伐とした世ならではの習いであった。

（だが……）

そうした主君であっても、忠節を曲げぬ家臣は必ずいる。まして義隆は、家督を継いだ当初は大内の当主たらんと精進していたのだ。堕落した後とて、儒教が説くところを実践する道者ではあり続けた。月山富田城で大敗した一方の責任がこの隆房にあると承知しながら、決して咎《とが》めなかったのもその顕《あらわ》れである。

「罰してくれていたら」

呟《つぶや》いて、ゆっくりと二度、頭を振る。何を今さらと自嘲《じちょう》の笑みが浮かんだ。

敗戦の責を問われなかったことで、往時の己は苦しんでいた。しかし傍目《はため》には、義隆の寛容によって助けられたように見えたであろう。

だからこそ義隆父子が落命した今、陶に反目する者がいる。筑前守護代の杉豊後守興運《ぶんごのかみおきかず》と、石見国衆の吉見正頼が火の手を上げていた。

大内の守護代はどれも大軍を動かせる。領国ごとに差はあれど、少ない地でも五千は下らぬのだ。筑前に時を与えては、杉重矩《しげのり》の豊前《ぶぜん》、内藤《ないとう》の長門《ながと》、そして陶の周防《すおう》へと攻め上って来るに違いない。特に内藤興盛が隠居したばかりの長門は危ないと言えた。興盛の嫡孫・隆世《たかよ》が家督を継ぎ、義兄に当たる隆房に従う姿勢を見せてはいる。しかし隆世は齢《よわい》十六、先の決起が初陣という若者である。多分に心許《こころもと》ない。

それゆえ隆房は、義隆父子を討った後の軍を家臣の野上賢忠《のがみかたただ》に預け、先んじて筑前に向かわせていた。

「殿」

左手、廊下の先から宮川房長《みやがわふさなが》と三浦房清《みうらふさきよ》が歩を進めて来た。

「動きはあったか」

鋭く目を向けて問うと、三浦が「はっ」と頷いた。

「調略した者共、ことごとく豊後殿を見限り申しました」

「よし」

にやりと笑みが浮かんだ。

野上に兵を預けて進軍させる一方、宮川と三浦には筑前国衆の調略を命じていた。

守護代が動かす兵の多くは国衆を束ねたものであり、足りない数を補うのに足軽を雇う。民百姓には戦場での雑用番として賦役を命じるが、よほどのことがない限り兵として駆り出すことはないし、百姓に戦をさせても満足な働きは期待できない。国衆を剝《は》ぎ取ってしまえば戦ができなくなるのだ。

杉興運は大内の守護代に任じながら、新たな当主・晴英に歯向かおうとしている。然らば以後の筑前は、大内からも、晴英の実家・大友からも攻められるだろう。この苦境を乗り切るため、興運が国衆に一層の負担を強いることは明白である。手を拱《こまぬ》いて自滅するか、大内に従って安寧を得るか、二つにひとつ――この恫喝《どうかつ》によって筑前国衆の大半が隆房に付いた。

宮川が満足そうに笑みを浮かべた。

「早晩、筑前は平らげられましょう。石見はどのように？」

「問田《といだ》殿の兵に加え、益田藤兼《ますだふじかね》の手勢を差し向けた。筑前に時を与えては厄介だが、吉見の手勢は頑張っても二千に満たぬ。まずは押さえ込むだけで良い」

隆房の返答に、三浦が「なるほど」と唸《うな》った。

「改めて吉見を叩《たた》く戦では、是非それがしをお遣わしくだされ」

野上が筑前を任されたことで「自分も」と腕を撫《ぶ》している。頼もしい心意気だが、隆房は「はは」と笑って首を横に振った。

「吉見を潰すは、新しい御屋形様の役目ぞ。無論おまえたちも、わしと共に出陣となるがな」

三浦と宮川は、きょとんとした顔を見せた。さもあろう、義隆の姉の婿《むこ》とは言え、吉見は石見の一国衆である。これを攻めるのに大国の当主が自ら動くなど異例であった。

面持ちにじわりと苦いものを浮かべ、隆房は静かに発した。

「火種を消してゆくには、必要なのだ」

それから半月の後、国衆を剝ぎ取られた杉興運は陶軍の猛攻に屈し、要害・高鳥居《たかとりい》城を捨てて逃走した。しかし城から北西に十五里の先、玄界灘《げんかいなだ》を望む糟屋《かすや》浜に追い詰められて自刃した。

筑前攻めには余録があった。相良武任《さがらたけとう》である。

相良は隆房の決起に先んじて山口を脱していた。先には杉重矩が手勢を率いて足取りを追ったものの、ついに捕らえることは叶《かな》わなかった。しかし高鳥居城への道中、小倉《こくら》からやや西の花尾《はなお》城を攻め落とすと、そこに潜んでいるところを見つけられて斬首された。

相良と杉興運の首は塩漬けにされて共に若山城に送られた。首実検をした隆房は並べられた二つから相良の首を蹴《け》り飛ばし、興運にだけ合掌した。

西の脅威が取り除かれ、冬も本番を迎えた。石見の吉見正頼も当面、周防に攻め込むことはない。大内の領国に一時の平穏が訪れた十一月、隆房はひとつの決心をした。

筑前攻めを終えた野上賢忠が、若山城に帰還した。広間で迎えると、野上はこちらの顔を見るなり、ぎょっとした目つきになった。

「殿……あの」

挨拶《あいさつ》もせず、ただ立ち尽くしている。隆房は「まず座れ」と促し、くすくすと肩を揺らした。野上は慌てて座り、深々と頭を下げると、すぐに顔を上げて問うた。

「入道なされたのですか」

隆房は剃髪《ていはつ》した自らの頭をぺたぺたと叩いた。

「見て分からんか。全羨《ぜんきよう》の号も得ておる」

「いえ、その。入道なされたのは分かるのですが、何ゆえに」

「訳は二つある。当ててみよ」

野上は困惑したように眉をひそめ、俯き加減に首を捻《ひね》る。そして何か閃《ひらめ》いたように、がばと顔を上げた。

「道理を通すためかと」

ひとつは、まさにそのためである。大きく頷いて返した。

「義隆公を討ったのは、大内を守るためであった。それ自体は必要なこと、間違っておらぬと思うておる」

「いかにも。さもなくば、我らも従いませなんだ」

隆房は深く溜息をついた。

「謀叛は主君の不徳というのが世の習いなれど、わしは最後まで……いやさ、今でも義隆公を慕っておるのでな」

彼の人を討たねばならぬ道しか作れなかったのは、自らの力が及ばなかったからだ。その思いを察したか、野上は伏し目勝ちに応じた。

「罪を償うと仰せですか」

「偽らざる思いよ。されど口さがない連中は、あれこれ申すであろうな」

巷間《こうかん》にはきっと、主殺《しゅ》しから目を逸《そ》らすためだと囁《ささや》かれる。それを承知しながら法体《ほったい》となったと聞いて、野上はぎくりとした目になった。

「まさか、それすら使うと」

「我が思いなど、彼岸の人が知っていてくれれば良い。現世《うつしよ》の者が毒づくなら、それを己が益とせねばな」

発して、ほくそ笑んだ。

討たれる主君は悪だが、主殺しもまた悪——背反する二つをおかしいと思わないのが衆生の常である。大寧寺《だいねい》の変から二ヵ月余りの時が過ぎ、各地の郡代や国衆など、同心した中にも心を揺らす者が出ている。そうした中、最も気に掛けるべきは杉重矩であった。

そもそも杉は、相良憎しで己に近付いた。そして相良ばかり重んじる義隆に諦《あきら》めを抱き、憎悪と諦念《ていねん》を混同して決起に与《くみ》したのだ。昨今では義隆を討ったことを悔いていると聞き及ぶ。

「近々、山口に参る」

隆房は座を立ち、野上を残して広間を去った。

十一月の末、全羨入道隆房は山口に出向き、杉重矩の屋敷を訪ねた。

義隆近習《きんじゅ》の屋敷を打ち壊し、焼き討ちにしたせいで、山口の町は大半が焦土と化している。しかし陶に同心した者の屋敷には火が回らぬように気を配っていた。戦の本陣とした陶邸の近隣、杉邸も当然ながら残っている。

もっとも今の山口は領内の政《まつりごと》を執れる状態ではない。晴英を当主に迎えるまでに居館を建て直し、その他の焼け跡は更地にするよう、賦役の者に急がせている最中である。そうした中、杉は自らの屋敷に籠《こ》もって鬱々《うつうつ》と日々を暮らしていた。

下人に導かれて広間に至ると、杉は心中の煩悶《はんもん》を隠しもせずに発した。

「斯様《かよう》な罪人の居へ、良う参られた」

こちらの僧形を見ても、眉ひとつ動かさない。出家したことは耳にしていたようだ。

隆房は腰を下ろしつつ問うた。

「領国には帰らぬのか」

山口にいても、することはあるまい。むしろ気が塞《ふさ》ぐだけではないか。言外の意図を察し、杉は苦笑を浮かべた。

「帰ったとて、することはない。政の実は小守護代が視《み》ておるゆえな」

　だから義隆を偲《しの》んでいる、とでも言いたげであった。

　少しの間、互いに無言を貫く。やがて杉は俯き、頭をがりがりと掻《か》いた。

「相良を討ちたかっただけなのに。なぜ斯様な次第になったのだろう」

「わしに同心したのを悔いておるのか」

　静かに問うと、やや苛立《いらだ》った眼差《まなざ》しが向けられた。

「戦を構えたからには、敵軍の将であった御屋形様がご自害なされたのも致し方ない。されど、わしには元々、主殺しを働く気などなかった。それだけを悔いておるのだ。あまつさえ御屋形様が伴っていいた公卿《くぎょう》の皆々とて巻き添えで落命させた。嘆かぬ方がおかしい」

「で、あろうな」

杉の肚《はら》の内を見たように思う。この男とて、伊達《だて》に家老に収まっていた訳ではない。しかし、間違っても大器ではあり得なかった。

隆房は腕を組み、沈思した。

そもそも杉は、誰かを嫌うと周りが見えなくなる。己が未《いま》だ謀叛など考えもしなかった頃、義隆に向けて「陶に叛意《はんい》あり」と讒訴《ざんそ》を繰り返していた。義隆が己の諫言《かんげん》を遠ざけるようになったのは、間違いなくこれが一因である。言うなれば杉は自ら、忌み嫌う相良の手助けをしていたに等しい。

(相良を討ちたくて同心した……か)

これは本心だろう。だが、それだけではない。義隆に讒訴を退けられ、杉は思ったはずだ。いつまでも陶と角を突き合わせていては命取りになる、と。こちらに近付いたのには、そうした打算があったはずだ。斯様な理由で同心した者を、どうして許すことなどできようか。信など置けるはずがない。

(だから、使わせてもらった。豊前守護代の力だけを)

結局のところ、杉は自らの保身や栄達が第一なのだ。それゆえ義隆の寵《ちょう》を得る相良を憎み、いがみ合っていた己に擦り寄った。杉自身が疎んじた相良と何が違おう。

「のう、杉殿」

しばしの沈黙を破る。杉はどこか救われたような目になった。

「何だ」

「思うに、貴公は罪を償いたいのであろう。内藤殿は、隠居してひっそりと義隆公の菩提《ぼだい》を弔うと申されておった。わしも償いのために出家した」

杉は目を大きく見開き、ごくりと喉《のど》を鳴らした。

「如何《いか》にして償えば良い」

隆房は柔らかな笑みを作り、労《いた》わるように言った。

「少しの間、蟄居《ちっきょ》してはどうか。人の噂も七十五日と申す。この周防、佐波《さば》郡の大崎《おおさき》には、先の戦で討ち取った右田隆次《みぎたたかつぐ》の館が空いておる」

「おお」

向けられた目の焦点が合っていない。どうやら感激したようだ。

「いくらか時が過ぎたら、また力を貸してくれ」

「恩……に、着る」

たどたどしく礼の言葉を述べ、深く頭を下げる。目が逸れると隆房の微笑は消え、全くのすまし顔になった。

杉が決起に与《くみ》したのは、大内の行く末を考えてのことではない。だから今になって後悔し、あまつさえ自ら進退を決めかねている。欲で動き、迷う。遠からず敵になる男なのだ。

(我らは元々、犬猿の仲ではないか)

蟄居の場を宛《あて》がったことを、温情だと思ったろう。大間違いだ。肚の内に嘲笑《あざわら》いながら、隆房は杉の肩にぽんと手を置いた。

＊

「進めい」

号令一下、五百の兵が喚声《かんせい》を上げて駆け出した。佐波郡大崎の地、一町半の先にあるのは右田隆次の館《やかた》である。年明けの天文二十一年（一五五二年）一月であった。

右田は大内一門衆であり、館の造りは大きい。それでも周囲二町ほど、土壁と堀で囲われているとは言え、いくつもの郭《くるわ》を重ねた城に比べれば堅牢《けんろう》ではなかった。

「おのれ……おのれ隆房！」

表門の両脇に設えられた櫓《やぐら》のうち、向かって右から狂おしい叫びが聞こえる。昨年の十二月からここに蟄居した、杉重矩であった。

「騙《だま》したな。卑怯《ひきよう》者め」

悔しくてならぬという絶叫と共に、手にした弓から一矢を放つ。

「主殺しにすら力を貸した、このわしを！」

放っては矢を番《つが》え、番えてはまた放つ。門から一町ほどの辺りまで馬を進めた隆房の頰を、その中のひとつが掠《かす》めた。

「皆の者、聞いたか」

隆房の声が、春まだ浅い一月の寒風を割った。

「杉は主殺しを認めた！　これぞ正真正銘の悪人ぞ。正義は我らにあり、罪人の矢など当たりはせぬ。いざ進め」

あべこべな物言いだと自ら思う。しかし兵たちは勇んで「おう」と槍《やり》を掲げ、一気に右田館へと詰め寄った。

今回の軍は五百の全てが足軽であった。

足軽は戦を生業《なりわい》とする一種のならず者である。戦があると噂を聞けば、勝ちそうな方を見定めて出向き、雇われて戦う。武家の家臣や国衆と違って義理や忠節など欠片《かけら》もない。隆房が謀叛の首魁《しゅかい》であろうと、杉が加担しただけだろうと知ったことではないのだ。勝って褒美にあり付きさえすれば良いというのが、この者たちであった。

「当たれ」

宮川の号令で二十人ほどがひと固まりになり、次々と門に体当たりを食らわせる。五度、六度と繰り返したところで、後続の三浦が大声を上げた。

「先手と替われ」

次の二十人が門へと突撃して行く。当たっては替わりを繰り返すこと数度、扉は呆気《あっけ》なく破られた。蟄居の最中とあって、杉が従えているのは数名の家臣のみである。門を内から支えるだけでも容易ではなかったようだ。

「踏み込めい」

宮川房長、三浦房清に続き、末富志摩守《すえとみしまのかみ》が足軽衆を率いて突っ掛ける。杉の家臣が行く手を阻もうとすれば、数人が束になってこれに襲い掛かった。二人掛かりで羽交い締めにすると、残る皆が腰から錆《さ》びた刀を抜き、八方から突き込む。

「う……ぬあ、ああっ」

鎧《よろい》武者がひとり、濁った叫び声と共に果てた。足軽は、常なる戦では単なる頭数でしかない。戦の流れを作るために長槍で叩き合い、危ういと見れば逃げ散る程度の者共である。しかし槍働きで口を糊《のり》しているだけあって、具足のどこを狙えば貫けるかは承知していた。

「続け」

宮川と三浦が、それぞれ三十ほどをまとめて門の内へ雪崩れ込んだ。一町も離れた隆房の元には、味方の兵の喚《わめ》き声以外に届くものがなくなった。

一刻もせぬうちに、宮川が駆け戻った。

「申し上げます。杉重矩、館を捨てて逃げた由にて。三浦と末富が追っております る」

隆房は「よし」と頷き、周囲の足軽に向けて呼ばわった。

「我らも後を追うべし。逆賊・杉を追い詰めよ」

周りを埋め尽くした足軽たちが雄叫《おたけ》びを上げ、我先にと駆け出した。

こちらが全て足軽、つまり徒歩勢なのに対し、杉の主従は馬を駆っている。当然ながら逃げ足は速いが、それでも追撃はできる。そもそも馬というのは、いつまでも走り続けられるものではない。全力で駆けられるのは精々三里ほど、その後は歩を緩めて息を整えさせる手間がある。

駆け去ったものを見失い、大まかに当たりを付けて追う。そうするうちに、やがて誰かが見つける。繰り返し、繰り返し、夜通し追い続けた。

翌日の昼前、杉重矩は追い詰められ、周防から長門に国境を越えたばかりの長興寺《ちょうこうじ》で自害して果てた。一報を受けた隆房は周防に返し、山口の陶邸に入って夜を迎えた。

深々と更けた頃、杉を追撃していた皆が戻った。庭に篝火《かがりび》が焚《た》かれ、煌々《こうこう》と照らされた下に床机《しょうぎ》が置かれる。隆房が腰を下ろすと、三浦が首桶《くびおけ》を持参して蓋《ふた》を取った。

「杉重矩にござります」

隆房は「ふふん」と鼻で笑った。

「杉殿、また力を貸してくれと頼んだろう。これからが貴公の役目ぞ」

静かに語りかけ、三浦に鋭い眼差しを送った。

「晒《さら》し首にせよ」

翌朝、杉の首は築山館《つきやまやかた》の焼け跡で晒された。

この者は陶を目の敵《かたき》とし、ことあるごとに、亡き大内義隆公に讒訴を繰り返した。陶に叛意あり、別心あり。幾度も言われるうちに義隆公は疑いを抱くようになった。

しかし、誓ってこの隆房に二心はなかった。ただ大内を守らんとして手を尽くしたのみ。その全てを疑われ、やがて蟄居にまで追い込まれた。かくなる上は自らの身を守るため、戦に及ぶしかなかった。

我が決起も、義隆公ご生涯と相成ったのも、ひとえに杉の讒言に端を発する。今、陶は諸悪の根源たる者を討ち果たした。この首を義隆公の御魂《みたま》に捧《ささ》げん――。

隆房はそう記して高札に掲げ、併せて一通の書状を添えた。杉の讒訴を明らかに記した、相良武任の申状であった。相良が二度めに出奔した折、筑前の杉興運を通じて大内義隆に渡したものである。大内家中には、義隆の右筆《ゆうひつ》だった相良の文字を目にした者も多い。それだけに、この申状には重みがあった。杉の讒訴という余人の知らぬ話が、間違いなく相良の直筆で証言されているのだ。

隆房はこれによって、自らに向けられる悪意の目を逸らした。だが身を守ることが本義ではない。大寧寺の一件で心を揺らす多くの者に「致し方ない成り行きだった」と認めさせ、今後の大内家の足許を固めるためであった。

＊

昨年末まで佐東銀山城にあった元就も、年が改まるに当たって吉田《よしだ》郡山城に戻っていた。隆房が筑前を制したことによって、当面の憂いは出雲《いずも》の尼子《あまご》、石見の吉見のみとなっている。瀬戸内の海を小早川の水軍に任せ、自身は北方の脅威に目を配らねばならない。郡山城に戻ってからというもの、元就は連日頭を悩ませていた。

大友晴英を迎えて大内の後継とすることには大いに疑問を持っている。晴英を当主に据えれば、しばらくは領内をこの体制に慣らさねばならない。必然、境目の地は防戦一方となる。隆房はどう動くのだろう。安芸《あき》が尼子を一手に引き受けるのは避けたいところだ。

今は一月末、もう少しすれば山の雪も融《と》け始める。元春《もとはる》に命じて吉《きっ》川《かわ》の兵を動かし、国境を固めさせるに如《し》くはなし。灯明の下、元就は我が子に宛てた書状をしたため、紙を折り畳んで「ふう」と息をついた。

と、児玉就忠《こだまなりただ》が居室まで桐《きり》の文箱《ふばこ》を運んで来た。

「陶隆房様より書状にございます」

元就は「ほう」と応じて箱を受け取り、掛けられた組紐《くみひも》の結び目を解くと、中の書状に目を落とした。今後のことについて何か申し送りでもあるのか――。

いくらも読み進まぬうちに顔が強張《こわば》った。

「何だと……」

「如何《いかが》なされました」

怪訝《けげん》そうな声を向けられて目を伏せ、瞼《まぶた》の目頭を揉《も》むようにして呟《つぶや》いた。

「隆房殿が、杉重矩殿を討ってしまわれた」

それが意味するところを、児玉は察せられなかったらしい。

「昨年の決起には杉様も同心なされましたが、元々は陶様と相容《あいい》れぬお方です。再び反目して敵となる前に除いたのでは？」

この見通しは正しいだろう。しかし、と元就は目を見開いた。

「順序が違う。義隆公を討ってから未だ半年も過ぎておらぬのだ。杉殿とて当面は隆房殿に味方せざるを得まい。先に石見を鎮めねばならぬ」

石見の吉見正頼を制して大内家中がひとまず落ち着けば、黙っていても杉は本性を顕わにしたはずだ。隆房は当主・晴英を傀儡《かいらい》として自ら大内を差配する肚なのだろうし、その時になってから「杉を討て」と家中に号令すれば済む話ではないか。

懊悩《おうのう》に眉根を寄せ、俯いて続けた。

「たとえ先々の火種となる者でも、今すぐに討つなど自らの手足を捥《も》ぐようなものぞ」

「我らは、如何様に構えるべきでしょうや」

児玉の声が焦燥を湛えた。元就は無言で頭を振り、膝《ひざ》に置いたままになっていた書状の続きを目で追った。ひととおりを知らねば、何をどうするべきかも判じられない。

その渋い顔には、またすぐに痛恨が滲んだ。

「これは……」

そわそわとした空気が感じられた。児玉である。元就は読み終えた書状を突き出した。

「杉様の首を山口で晒したと、したためられておりますな。決起に至った大本が杉様の讒訴であるなら、これで大内家中の皆も地に足が付くのでは？」

動揺が収まるなら良いことだろう、という口ぶりである。

「そうでもない」

元就はひと言だけ返し、また目を閉じた。

隆房は打つ手を間違えている。山口の興隆寺《こうりゆう》で決起を打ち明けた日、いったい何と言った。進んで悪名を頂戴《ちょうだい》せんと言ったではないか。なのに、何を血迷っている。

杉の罪状を示せば、確かに一時の動揺は収められよう。だが気を落ち着けることで、逆に皆は昔年の乱れを思い出す。今の大内がまとまりを欠く根本は、義隆が廃されたからではない。むしろ当の義隆が、領内と家臣の足並みを乱してきたからなのだ。杉を討って義隆を高めては、逆に「何も変わらぬかも知れぬ」と不安を抱く者も出よう。

「壊してしまえば良かったのだ」

「は？」

元就は目を半開きに児玉を見た。

「我らは大内に……隆房殿に味方し続ける」

「承知いたしました。然らばその旨、返書を手配いたします」

「待て」

軽く右手を挙げて制した。

初めて会った十一年前、この郡山城から尼子を退けた晩、隆房は言った。西国を束ねて大内に天下を取らせ、世を鎮めたいと。だから、決起を打ち明けられた日に己は問うた。西国には全く新しい支配の形が生まれるが、それで良いのかと。

（やはり、自ら大内を取れと意見すべきか）

隆房が周防一国の主《あるじ》となり、毛利と手を携え、そこから西国のあり方を改めねば何も変わらない。無論、それで各国は大いに混乱する。再びまとめ上げるのにどれほどの時を費やし、労を尽くせば良いのか、皆目見当も付かない。しかし、そうした労苦あってこそ戦乱という混《こん》沌《とん》は新たな世の母胎と――。

思って、ぎくりとした。

『この話は、ご辺が申されることのためでもある』

興隆寺での隆房の言葉が、はっきりと脳裏に蘇《よみがえ》った。ためでもある――つまりは別の思惑があり、そちらの方が大きいということではないのか。

（まさか。いや）

間違いない。隆房は己が「全く新しい支配」と言った意味を取り違えている。

力を以《もっ》て義隆を廃するなら、西国のありようは一変せざるを得ない。大内が天下を取るという思惑も捨てねばならぬと釘《くぎ》を刺したつもりだった。皆まで言わなかったのは、隆房の宿願を否定することに気が咎めたからだ。

だが、それが仇《あだ》となった。隆房は「義隆の天下」がなくなることを是としたに過ぎない。未だ主家の天下を思い描き、西国支配も泰平の世も大内家があってこそと考え続けていたのだ。ゆえに古びた器を保つことに拘り、世が欲しているもの、戦乱が産み出そうとしている新しい形に目が向いていない。

「あの、殿」

児玉が、こちらの顔を窺《うかが》っている。

「……何でもない。返書の手配を頼む」

元就は静かに返し、児玉を下がらせた。

ひとり居室に佇《たたず》み、乏しい灯明が照らし出す部屋の隅をぼんやりと見遣《みや》った。

隆房の目は曇っている。この上なく心が頑《かたく》なになっている。もし「自ら大内を取れ」などと意見したら、かえって怒りを買うだろう。

己も隆房も、ひとつずつ過ちを犯した。やりきれぬ気持ちを持て余して小さく呟く。

「隆元。おまえが正しいやも知れぬ」

義隆が討たれたと知った日、我が子は「隆房には天が味方しない」

と言った。既に傷だらけの大内を繕い続ければ、その形は一層いびつになってゆく。隆房がこれに気付かぬ限り、あらぬ方へと転がって、いずれ破綻《はたん》を来すだろう。

「初めて会った晩……か」

大内に隆房がある限り再び向背を違《たが》えぬと、己は誓った。二言はないつもりだった。だが、沈むやも知れぬ船と知って乗り続けるのは馬鹿げている。

「いま少し」

見極めねばならぬ。隆房の取る道が、己の目指すものと同じ頂に続いているのかを。

引き続き安芸の防備に心を砕きながら、ひと月と少しが経った。

三月六日、吉田郡山城に一報があった。去る三日のこと、大友晴英が山口に入り、大内家を相続した。全羨入道隆房は新たな当主から「晴」の一字を偏諱として受け、俗名を晴賢《はるかた》と改めた。飾り物でしかない主君と自らが一心同体であると示したのだ。

世の人は、これを野心の表れと言うのだろうか。元就には、未だ晴賢が大内という形骸《けいがい》にしがみ付いているようにしか思えなかった。

二・防芸引分

昨年の戦火で焼失した山口の築山館は、晴英を迎えるに当たって御殿が建て直された。とは言え、あれから一年も経っていない。当主の居所を除いては仮普請の域を出ず、評定の広間とて数日前にようやく完成を見たばかりだった。

天文二十一年七月、その広間で評定がある。これを三日後に控えた日、築山館南門前の陶邸を訪ねる者があった。昨年の決起にも同心した江良房栄《えらふさひで》である。

「しばしのご無沙汰《ぶさた》、申し訳次第もござりませなんだ」

深々と頭を下げる江良に、晴賢は「はは」と笑って応じた。

「無沙汰も何も、他ならぬわしが飛び回っておったのだ。気にすることはない」

江良は「有難いお言葉です」と顔を上げた。

「ときに、今日は何用あってこれへ参った」

晴賢の問いに、江良は胸を張りながらも声を潜めた。

「実は、ひとつ無心がありまする」

はて、何であろう。首を傾げて見せる。向こうはまた平伏の体となった。

「それがしを陶の家臣に加えていただけぬでしょうか」

「何と。其方《そのほう》は大内の直臣ではないか。好きこのんで陪臣《またもの》になると申すか」

驚いて問う。江良は平伏を解き、俯き加減に大きく息をついた。

「昨日、今日に思い付いたのではござらぬ。義隆公ご生涯のすぐ後から考えておりました」

「……訳を聞こう」

「長らく大内に仕えて参りましたが、晩年の義隆公を見るにつけ、この方を主君と仰ぎ続けて良いものかと悩んでおったのです」

「義隆公はご遠行なされたのだ」

この上は晴英に仕えれば良いのでは、と探る。自嘲気味の笑みが返された。

「おかしなものです。義隆公には愛想を尽かしておったのに、いざお亡くなりになってみると、掌《てのひら》を返して晴英様にお仕えするは気が咎めまして」

この男は未《いま》だ心を揺らしたままなのだろうか。心中に警戒して耳を傾け、相槌《あいづち》を打つように頷いて続きを促した。

「されど我が江良家は代々周防に根を張ってきた家にござれば、出奔して他家に仕える気にもなれぬ由にて。そこで、我らの旗頭たる陶の臣にしていただけぬかと思うに至りました」

江良は居住まいを正し、真剣そのものの目を向けてきた。

「それがしの名にある『房』の一字は、貴殿のお父上、興房《おきふさ》様から頂戴したものにござる」

晴賢は「ふむ」と頷いた。江良の元服は今から二十三年前、未だ晴賢の父・興房が健在だった頃である。往時の江良は十五歳、己は九歳であった。父が江良の智勇に惚《ほ》れ込み、是非に「房」の一字を貰《もら》ってくれと願い出たのを覚えている。

「確かに、陶と其方には浅からぬ縁がある」

「止むに止まれず義隆公を討ち申しましたものの、自らの心には嘘をつけず、斯様なお願いをするに至った次第です。如何にござりましょうか」

分かる気がした。己も元就や内藤興盛に「一本気」或いは「真っすぐに過ぎる」と評されていたが、その心根は江良の決断と相通ずるものがある。

「ならば次の評定で御屋形様に言上し、許しを得るが良かろう」

ゆっくりと、何度も頷いて発した。

三日後、大内当主となった晴英の下で初めての評定が開かれた。もっとも、何かを決めるためではない。晴英への忠節を確かめるべく、重臣に人質を求めるためであった。

主の座に大内晴英、その右前に晴賢が侍する。広間の中央を挟んで向かい合う重臣は、右手筆頭が問田隆盛《たかもり》、次いで内藤隆世であった。

以下、弘中隆包《たかかね》、杉氏一門の杉隆相《たかすけ》らが並ぶ。左手は青景隆著《あおかげたかあきら》を筆頭に、飯田興秀《いいだおきひで》や仁保隆慰《にほたかやす》以下の将が並んだ。江良は左手の列の中ほどにいる。

「我らが忠節を示さんがため、この館に一族の者を上がらせるべきこと、先般申し伝えたとおりである」

晴賢は家老筆頭として評定を取り仕切り、晴英に向き直った。

「陶からは、それがしの二子・小次郎《こじろう》を上がらせまする」

「うむ」

当年取って二十一、未だ歳若い晴英が低く押し潰した声で応じた。精一杯の威厳を見せようとしているのだろうが、髭《ひげ》も生え揃わぬ顔には酷《ひど》く不釣合いである。

晴賢に続いて問田が自らの子・十郎《じゅうろう》を人質に出す旨を宣する。齢十七の内藤隆世はまだ子がないため、叔父《おじ》・正朝《まさとも》の娘を侍女として出仕させるという。

人質を出して忠節を示すとは、大内家の新しい体制を認めるということである。そして、晴賢に諸々《もろもろ》の差配を委《ゆだ》ねるという宣誓に等しい。ここに列席しているのは、先の謀叛に加担したか、それでなければ静観を決め込んでいた者である。共に決起した者は言わずもがな、そうでない者とて、変わらず大内家に仕えるなら人質を約束しない訳にはいかなかった。

皆がそれぞれ人質の名を挙げてゆく中、江良の番となった。広間の中央まで躙《にじ》り出ると、晴英を向いて頭を下げる。

「恐れながら、それがしは大内の禄《ろく》を返上し、陶晴賢様の臣になりとう存じます」

評定の席がざわめき、空気がどんよりと澱《よど》んだ。さもあろう、江良は大内家中に於いて弘中と並ぶ勇将である。驚きは晴英も同じだったらしい。凍ったように面持ちを固めて、やっとのことで、ひと言を吐き出した。

「何ゆえか」

しんと静まり返った中、晴賢は大笑した。

「良いではございませぬか」

皆の目が集まる。晴賢は顔だけを晴英に向けた。

「江良が陶の臣となろうと、大内の下にあることに変わりはございりますまい」

「そうは申すが……のう」

口籠もりながらも、不服そうな言葉が返ってくる。晴賢は主君をじろりと睨《にら》んだ。

「御屋形様を大内にお迎えしたのは、ここな評定衆にて。それらを束ねたは、かく申す晴賢にござります」

大内の家督が欲しかったのだろう。望むものは与えてやった。目先の欲に踊らされたおまえと違い、この晴賢には大志がある。大国を動かす術《すべ》も知らぬ者は黙って従っておれば良い。その思いと気迫を込めた眼差しに、晴英は口を噤んだ。

晴賢は評定衆に向き直り、大きく息を吸い込んだ。

「此度《こたび》の――」

「申し上げます！」

此度の評定はこれまで。発しようとしたところへ、ばたばたと慌しい駆け足が響いた。

「しばらく」

弘中がこちらを一瞥《いちべつ》し、駆け込んだ者へと目を遣った。どうやら家中の者らしい。

その者が、切羽詰った声で捲し立てた。

「安芸より早馬の報《しら》せにござります。尼子が兵を挙げて出雲を発《た》った由にて。十日ほどで備後《びんご》に攻め込むものと思われます」

評定の席が、またざわめく。江良の去就を云々《うんぬん》した時とは明らかに異なる、ぴんと張った空気であった。

晴賢は舌を打った。さすがに甘くない。

大内の領内は未だ落ち着きを取り戻していない。義隆に続いて杉興運を叩き、年明け早々に杉重矩を討った。杉の両家が治めていた筑前と豊前は守護代を定めず、大内の直轄となっている。つまりは晴賢の支配下にあるのだが、未だ陶の差配が十分に行き届いておらず、この二国からは兵を出せない。

「如何なされます」

「我らは、未だ大軍を整えられぬかと」

弘中が再びこちらを向き、青景が眉をひそめた。

「我が名に於いて」

晴英が硬い声音を発した。が、晴賢が肩越しに鋭い視線を流すと、すぐに止まる。口を噤んだ主君の顔を見て小さく頰を歪《ゆが》め、晴賢は正面に向き直って問うた。

「敵の数は」

弘中の家臣が「はっ」と頭を下げて返した。

「徒歩勢三千、新宮党《しんぐうとう》の精兵と思われます。行軍の道中で出雲国衆を加え、五千ほどに膨らむのではないかと」

晴賢は「ふう」と息をつき、弘中に目を向けた。

「そのぐらいなら、毛利に任せれば良い」

今年に入ってから、元就は吉川の兵を北東の国境に配し、尼子に備えていた。毛利は安芸と備後の国衆を取りまとめる権限を持つ上、吉川と小早川を従え、今や四千の兵を動かせる。

弘中は、いくらかの迷いを滲ませて返した。

「それでもまだ、我らの方が少のうございますが」

「元就殿の力を以てすれば足りる」

戦はまず数の勝負だが、守る側には地の利がある。ゆえに遠征では、できるだけ多くの兵を整えるのが常道なのだ。尼子が毛利を圧倒する数——少なくとも万余の兵を整えるには時を要するがゆえ、すぐには攻めて来るまいと考えていた。その点は己の甘さであろう。だが、と晴賢は続けた。

「弘中、郡山城の戦いを思い出せ。其方も参陣し、わしと共に手柄を挙げたであろう」

あの時の元就はわずか二千四百の兵で郡山城に拠《よ》り、尼子軍三万に半年も抗し続けた。然るに此度は敵が五千、こちらが四千である。

「尼子め、出し抜けを食らわせる肚であろう。されど明らかに出兵を急ぎ過ぎておる。粘って長陣を強いてやれば、いずれ兵を退く」

この言い分に「はい」と頷きつつ、弘中はなお懸念を述べた。

「毛利には借りができますな」

晴賢は「さにあらず」と笑った。

「これまで安芸と備後の取りまとめを認め、力を蓄えさせたのだ。小早川と吉川の両家を併せ得たのも、大内の引き立てあってのことぞ。恩を返す番ではないか。こちらも、領内が落ち着き次第援兵を出す。疾《と》く安芸に向かい、左様申し伝えよ」

弘中は「承知仕《つかまつ》った」と一礼して立ち去った。未だ、幾許《いくばく》かの憂いを抱いた面持ちであった。

「然らば、評定はこれまで」

一連の話の中、主座の晴英はついに口を噤んだままであった。晴賢は傀儡の主君に「ご案じ召さるな」と残して立ち去った。

＊

尼子が備後に攻め込んでから、はや一年と三ヵ月が過ぎた。時は既に天文二十二年（一五五三年）十月となっている。元就は大内方の備後国衆・三吉広隆《みよしひろたか》の比叡尾山《ひえびやま》城に入り、二之丸の侍詰所を借りて本陣としていた。

「申し上げます。隆景《たかかげ》様、増援二百を率いて参陣なされました」

伝令の声に、元就は腰を浮かせた。

「これへ通せ」

命じてから少しの後、元就の三男・小早川隆景が詰所の板間に参じた。

「遅くなり、申し訳次第もございませぬ」

隆景の参陣は、この戦の裏で進めていた交渉が成就したという証である。吉報を待ち望んでいたことは隆景も承知していて、緊張の面持ちの中に微笑を湛えた。

「能島《のしま》衆、我らに味方いたしました」

能島衆——瀬戸内の海に勢力を持つ村上《むらかみ》水軍の一派で、小早川の竹《たけ》原《はら》領から東南三十里の先にある小島を拠点とする者共である。小早川水軍を通じて引き込んだことを知り、元就は「良うした」と何度も頷いた。

晴賢を見極めねばならぬ。思っていた矢先の、尼子軍の襲来であった。毛利が大内から離れるには、まだ力が足りない。ゆえに尼子を退けよという下命に諾々と従ったが、今回の戦は地の利を味方に付けても困難を極めた。双方の対峙《たいじ》が数ヵ月に及ぶと、敵は増援を出して兵を入れ替えている。毛利方だけが文字どおりの長陣を強いられた。

難局を打開するため、元就は能島村上水軍を語らった。安芸の海を能島衆に任せて小早川水軍の負担を軽くし、それによって隆景が増派するわずかの兵に戦の命運を託した。

「おまえも二十一か。小早川を継いで九年、厄介な能島衆を説き伏せるとは、一人前の大将になったものだ」

隆景はやや面映《おもはゆ》そうに応じた。

「いいえ。父上のお見立てどおりだったということです」

「そこは……やはりな」

我が子を賞していた時とは面持ちが一変し、苦いものが滲み出た。

尼子の相手を毛利に押し付けた後、晴賢はひたすら当主・晴英の威光を高めることに腐心していた。今年の閏《うるう》一月には将軍・足利義輝《あしかがよしてる》から一字を拝領し、晴英を「大内義長《よしなが》」と改名させた。そして累代当主と同じ、従五位下左京大夫《じゅごいのげさきょうのだいぶ》の官位を勝ち取った。

長らく続いた戦乱によって、既に将軍と朝廷の権威など形ばかりのものになっている。そういう虚飾で「大内の正統」を誇示するなど、元就から見れば不毛なことであった。

もっとも、これはまだ良い。由来、人というのは旧を重んじるものだ。正統な後継者だと示せば服する者もいるだろう。だが――。

隆景が、声をひそめて発した。

「父上のご先見に従って能島を語らいましたが、本当に良かったのでしょうか。能島武吉《たけよし》は『大内がその気なら』と怒り心頭でしたぞ」

能島の怒りこそ、晴賢の失策だった。

元来、大内と能島衆は持ちつ持たれつの間柄であった。大内が唐土や朝鮮と交易をするに当たっては、遣明《けんみん》船の警護を能島衆に頼み、見返りに関料、つまり能島近海を通る船の通行料と、商人の積荷に対する駄別銭《だべっせん》を取ることを認めていた。

ところが昨今、大内が自らが関料と駄別銭を徴収している。そしてつい先月、晴賢は能島・来島《くるしま》・因島《いんのしま》、三つの村上水軍がこれらの銭を取ることを禁じてしまった。

先代・義隆の放蕩《ほうとう》で大内の財が破綻したのは確かである。立て直しも必要だろう。だとしても問答無用の申し送りは仁義を欠く行ないと言えた。

ゆえに、隆景に命じていた。毛利は陶晴賢を見極め、場合によっては大内と袂《たもと》を別つ。そう言って交渉せよと。

「我らが大内から離れなんだ場合、能島衆は矛先を安芸に向けるのでは」

隆景の懸念も、もっともである。特に小早川水軍は苦しい立場に置かれるだろう。しかし元就はきっぱりと頭を振った。

「その時は大内が我らを助けるのが道理ぞ。さもなくば」

隆景が、はっと息を呑む。どうやら分かったらしい。村上水軍と大内の両天秤《てんびん》は、晴賢を見極める手段でもあるのだ。

毛利と安芸国衆は、大内のために一年以上も戦っている。主家がこれに応《こた》えられぬなら――つまり、その時までに晴賢が大内を統べられぬなら、これこそ見切り時なのだ。大国とは言え結束を欠く相手、安芸一国で抗《あらが》う道はある。

元就は「ふう」と息をついて発した。

「いずれにせよ、まずは尼子を退けるこそ肝要だ。頼むぞ」

そして座を立ち、前に進んで膝を折ると、隆景の肩をしっかりと摑《つか》んだ。

*

四日後の早暁、元就は尼子が拠点とする旗返山城《はたかえしやま》に進軍した。

備後に攻め込んだ当初、尼子軍は精鋭・新宮党を中心とする五千である。旗返山城を奪った。元就の吉田郡山城から山を挟んで二十里の東方である。郡山城へと真っすぐ通じる比叡尾山城を攻めなかったのは、先んじて元春率いる吉川勢がここを固めていたからであった。

それから一年余、元就は何度も旗返山城を攻めた。しかしこちらが優勢になると、決まって出雲からの増援で退けられた。そして戦い疲れた敵兵は、増援の兵と交代して出雲に戻って行き、戦況は振り出しに戻った。

尼子晴久《はるひさ》――かつての詮久《あきひさ》から改名した――は、やはり出し抜けを食わせる肚であった。数をまとめて攻め寄せることもできたはずだが、大軍を整えるのに時をかけ、大内に猶予を与えるのを嫌ったのだ。一方でそれは、数を小出しにする拙《つたな》い采配《さいはい》でもある。安芸一国の力で粘り果せたのは、このためだった。

もっとも既に一年三ヵ月、こちらの身も心も持たなくなってきている。小早川の増援、たった二百の兵は暑中の慈雨にも等しかった。

旗返山城は平地の中に突き出た山に築かれている。北から南へと折り重なるように連なる三つの頂、その尾根の最も高いところに本郭があった。冬を迎えたばかりの十月、生い茂る森の木は紅葉を湛え、未だこんもりと盛り上がっている。

山裾《やますそ》に兵を進めて敵城を見上げ、元就は声を限りに号令した。

「これが最後の一戦ぞ。掛かれ」

兵たちが「おう」と雄叫《おたけ》びを上げ、城へと続く山道に殺到した。

旗返山は東西と南の山肌が急峻《きゅうしゅん》である。攻め口が北の一方に限られることも、攻めあぐねている原因であった。

元就は兵の後に続き、敵が固める山道の入り口まで馬を進めた。

「押し破れ」

下知ひとつ、兵が喚声と共に突撃を食らわせる。ひと当たりしただけで、尼子方の備えはじわりと山中に後退した。だが押しているのではない。これまで幾度も見た光景である。

毛利方が山道を進むと、敵は両脇に広がる森の中から矢を放ち、寄せ手の足を止めに掛かる。正面の兵と左右からの挟撃で、次第に味方の兵が気を萎《な》えさせてゆく。

と、向かって左手、東に広がる森の中から鬨《とき》の声が上がった。

「敵の背を叩け」

豪快な大喝は元就の次子・吉川元春である。率いた足軽の一団が、山道を挟撃する敵の一方を脅かし、二間もの長槍を振り下ろす。森の中のあちこちが足軽の喚き声で満ちた。

「口羽《くちば》、右手に加勢せよ」

元就の見守る中、元春が下知を飛ばした。口羽通良《みちよし》が「承知」と返して兵を進める。そちらでは元春の岳父に当たる熊谷信直《くまがいのぶなお》が敵に囲まれていた。口羽の兵は囲みの外から喚き掛かり、盛んに槍を叩き下ろして一方に血路を開くと、敵兵の只中《ただなか》へ駆け込んだ。然るに熊谷も口羽も逃げ出して来ない。

「ここが死に場所と心得よ。ぶち破れ！」

熊谷の叫び声が聞こえたかと思うと、ざっと兵の囲みが後ろに下がった。思う間もなく、先に駆け込んだ口羽の兵が長槍を振り下ろし、なお敵兵が下がる。そうしてできた人の隙間から、中の様子が垣間《かいま》見えた。

「りゃあ！」

熊谷が目茶苦茶に槍を振り回していた。武芸の形も何もない。しかし、速い。一方の敵に向けて振るったかと思いきや、背後に向いて横《よこ》薙《な》ぎに払う。敵を討たずとも戦意だけ刈り取れば良いというところか。繰り返される早業は三面六臂《ろっぴ》の阿修羅さながらであった。

そこへ、呼ばわりながら元春が駆け寄っていく。

「義父上《ちちうえ》を討たせてなるものか」

先に開かれた血路を指して、五十ほどの兵が雪崩れ込む。敵の一団はついに囲みを解いた。元春と口羽、熊谷は山道を狙う敵の片方を崩して馳《は》せ付けて来た。

攻勢、優勢である。しかし、これも見慣れた光景であった。

「来るぞ」

元就が呼ばわると、間もなく山頂の城から兵が押し寄せて来た。数は実に五百ほど、曲がりくねった山道が疎ましいとばかり、大半が山肌を滑り下りて交戦に加わる。山道を挟撃する敵を退けても、こうして押し返されるのが常であった。

いつもなら、ここで「退け」と命じるところだった。しかし今日の元就は違った。

「退いてはならぬ。敵を討ち取れば、倍の褒美を取らせようぞ」

大声で宣言する。これによって足軽たちは気を支えられ、いま一度の粘りを見せた。

敵の足軽が揃って槍を打ち下ろしてくる。味方の足軽は、気心が知れた者であろう六、七人がひと固まりとなって槍を束ね、皆で横なりに掲げて一撃を防いだ。

三度、四度と続く打ち下ろしに、束ねた槍が、がん、がらん、と音を立てる。支えている数人のうち、ひとりが後ろを向いて怒鳴った。

「早《はよ》うせいや。持たんぞ！」

「分かっちょるわい。おら、死ねや！」

敵の槍を押し止めた下に隙間ができている。低く槍を構えた味方がそこに駆け込み、敵兵の太腿《ふともも》を穿《うが》った。

「いぎゃっ。痛《いて》え、痛えちゃ。あああ！」

「やかましわい、こら」

悶絶する敵に馬乗りになり、首を絞めに掛かる。血と泥で顔を真っ黒にする足軽を見ながら、元就は焦《じ》れて呟いた。

「まだか」

国衆、足軽衆の別を問わず、皆が必死で持ち場を支えている。遠からず押し返されると分かっていて力を尽くしている。間に合ってくれ――。

味方の命を捨石にしながら、焦れて待つこと如何ほどか。不意に敵兵の数が増えた。だが増援ではない。城から押し寄せる兵は、どれも山を「駆け下りる」と言うより「転げ落ちる」風であった。

「来た……」

元就は馬上に刀を掲げた。

「尼子の者共、見よ！　城は落ちたぞ」

遠く望む山頂から煙が上がっていた。隆景率いる小早川勢が西の山肌を登って火矢を射込み、急襲したものであった。

北にしか攻め口がないことが、旗返山城の強みであった。

これをどう崩すか。元就は常に自身が山道の正面から攻め、元春の兵を東の森伝いに横合いへ回した。日を改めて何度も繰り返すことで、敵の目は北と東に釘付けになってゆく。それを待ってわずかの兵を密かに動かした。到底登り果せない西の山肌を削って足掛かりを作り、太い木の根元に縄を結び付けて手掛かりを作るためだ。敵に気取られぬよう、半年以上をかけ、少しずつである。

ようやく城の本郭を窺《うかが》えるようになったものの、もう兵にはこの山肌を登るだけの気力が残っていない。だが着陣したばかりの小早川勢なら話は別だ。元就は自らと元春、国衆や足軽の命を囮《おとり》にして隆景を助け、ついに難攻不落の城を落とした。

先に城から逃げ出した兵はもちろん、山中で交戦していた敵も、これで算を乱して一斉に逃げ始めた。元就と元春は山から散ってゆく敵を追い、城からは小早川勢が逆落としに山裾へ馳せ付け、散々に追撃を加えた。

実に一年と三ヵ月、毛利は尼子を撃退した。

この後、元就は旗返山城を任せて欲しいと、山口の晴賢に願い出た。毛利の本拠・吉田郡山城とは指呼の間の城である。当然、認められて然るべきだった。

しかし――。

「なぜだ」

郡山城の自室で晴賢の書状に目を通し、元就はそれだけ呟いた。旗返山は毛利でなく、陶の家臣となった江良房栄に任せるという。元就の負担を減らすためという言い分であった。

「どうやって」

再び口を衝《つ》いて出る言葉も、それ以上は続かない。家臣や国衆に何と言えば良い。どう話して納得させれば良い。時を稼がねばならぬ大内のため、皆が命を賭《と》して戦ったのだ。それなのに、この差配は何なのか。所領も恩賞も得られぬのでは、何のために長陣に耐え、勝ちを捥ぎ取ったのか分からない。

「所領、恩賞」

発して、元就は「あっ」と目を見開いた。

毛利は長らく安芸・備後国衆の取りまとめを任され、晴賢の決起の後には恩賞として厳島の神領と佐東郡の所領を与えられていた。

「晴賢殿。貴殿は……」

これ以上の力を与えてはならぬ。それが晴賢の考えなのだ。

己はこれまで、懸命に大内を支えてきた。全ては陶晴賢という若き才に惚れ込んだからだ。然るに晴賢は今、この元就を恐れ、警戒している。この分では、決起前の密約で認められた安芸守護代の位も反故《ほご》にされるだろう。

分からぬでもない。大国にとって国衆など、所詮《しょせん》は駒のひとつである。だが己は、ただの国衆ではなかったつもりだ。共に手を取り合ってと、互いを認めていたではないか。その己を、どうして恐れることがある。

「貴殿は、これほどに変わってしまわれたか」

囁くように吐き出し、元就はがくりとうな垂れた。

＊

尼子が安芸一国を相手に勝ち得なかったのは、詰まるところ、兵を小出しにしたからである。しかし大内の混乱を衝くという意味で、間断なく兵を出すやり方は理に適《かな》ってもいた。晴賢は主君・義長の権威を示して領内を鎮めに掛かったが、片手に不安を抱えながらでは効き目も半減する。多少の落ち着きは取り戻したものの、未だ旧に復したとは言えなかった。

そして、やはり甘くはない。晴賢に息をつく間を与えるなとばかり、天文二十二年冬には石見で吉見正頼が動き出した。あたかも先の尼子と示し合わせていたような決起である。

敵対する者への対処を二度続けて在地の者に丸投げにしては、大内の威信を損なう。晴賢は「後手に回るべからず」とすぐに三千の兵を差し向けたが、急ぎ過ぎであったか、城に拠って戦う吉見勢千二百に撃退されてしまった。

ならばと、各地の領主に下知を飛ばして一万五千を掻《か》き集めた。そして雪融けを待ち、年明けの天文二十三年（一五五四年）三月一日、大内義長を総大将に戴《いただ》いて山口を進発した。

石見の国領は、周防と安芸の北方を塞ぐように広がっている。吉見の三本松《さんぼんまつ》城はその南西端、山口から八十里ほど北東の辺りであった。

至るところ山ばかり、川沿いに平地が点在する程度の領だが、周防・長門・石見の国境に当たる要衝である。

晴賢は自ら先手の大将となり、防長国境《ぼうちょう》の元山《もとやま》城に入った。ここから北に十里進めば石見三本松城に至り、西に十里ほどで三本松城の出城・長門賀年《かね》城である。

三月二日、まず賀年城を落とすべく、晴賢は四千の兵を率いて西に向かった。

賀年城の兵は三百ほど、山中に潜む者を合わせても五百に満たぬだろう。しかし敵は、本郭と腰郭の二つしかない城に拠って良く抗戦した。

「申し上げます。弘中様の手勢五百、石を降らされて苦戦しておる由にござる」

伝令の言葉に、晴賢は「ほう」と目を丸くした。

「城方もやりおる」

陣幕の中、右手の床机に座る宮川房長が眉をひそめた。

「感心しておられる場合ではございませぬ。昨年に続いて吉見に負けたとあっては、御屋形様のご威光は如何様になることか」

「案ずるに及ばず。此度は、このわしが直々に戦をしておるのだ」

こともなげに笑って返すと、今度は左手にいる三浦房清が「おお」と発した。

「つまりは策があるということですな」

「まあ、見ておれ」

晴賢は、にやりと笑った。

その後も伝令が二、三あったが、報じられる戦況はどれも芳しくない。高山寺《こうざんじ》城主・町野隆治《まちのたかはる》の手勢三百も壊走したそうだ。

「申し上げます！　弘中様の五百、退きに転じました」

如何に策ありと言われても、羽詰った目を向けてきた。

「殿。我が手勢を出しましょう」

「否」

静かに発し、晴賢は床机を立った。

「この戦、勝ったぞ。外に出て城を見るが良い」

宮川と三浦を従えて陣幕を出ると、城のある勝山《かつ》の頂を仰ぐ。少しして、城に鬨の声が上がった。

「あれは？」

問うた宮川を一瞥し、含み笑いを漏らす。

「城方の田中次郎兵衛《たなかじろうひょうえ》。寝返りだ」

昨年末の戦いで吉見に敗れた後、晴賢はひとりの男に直筆の書状を持たせ、賀年城に遣っていた。かつての義隆の寵童、今は陶の家臣となっている安富源内《やすとみげんない》である。

「田中は未だ年若く、吉見家中に名を連ねたばかりだ。主君への忠義も他に比べて脆《もろ》い」

その気になれば四万の兵を整えられる大内である。手勢千二百の吉見が勝てるものか。これに操を立てるより、内応して恩賞を手にすべし――語らうのは容易《たやす》いことであった。

そして、城の備えを聞き出した。最も恐れるべきは、本郭から南に向けて降らせられる石である。これを知った晴賢は、苦戦を承知で弘中をそこに配した。

弘中隆包は音に聞こえた勇将である。これが敗走したとなれば、敵は勢い付く。逃げ散る兵を追い、城から打って出るのは明白であった。

「あとは田中が寝返り、留守になった城を奪うだけだ」

策の全容を宮川に語って聞かせると、次いで三浦を向いて声を張った。

「手勢を率いて城に向かえ。田中を援《たす》け、敵を悉《ことごと》く討ち取るべし」

「承知仕った！」

内応で浮き足立った城方は我先にと山を下り、東方、吉見の三本松城を指して逃げた。三浦の手勢二百がこれを追い、散々に討ち果たして戦は終わった。

賀年城が落ちて、形勢は一気に大内有利となった。晴賢はいったん元山城まで返して兵を整え直し、三月十六日に三本松城へと進軍した。三本松城のある霊亀山《れいきさん》の南、野坂山《のさか》の北麓《ほくろく》に陣を布《し》き、眼下に広がる狭い平地を見下ろす。田畑を作っていない辺りには一面に石蕗《つわぶき》が群生し、春の陽光に力強い青を映えさせていた。南西から温い風が渡ると、その緑が端からざっと波を打った。花の付く秋には清楚《せいそ》な風情を見せる、石蕗の野——津和野《つわの》の地である。

賀年城では城主・波多野滋信《はたのしげのぶ》ら主だった将を討ち取り、また吉見の手勢から四百を殺《そ》いでやった。対して晴賢率いる兵は大内のほぼ全軍、一万四千に及ぶ。総大将・義長にはわずかばかりの兵を付け、本陣の元山城に押し込めてあった。

城方にできるのは籠城《ろうじよう》のみ。いずれ降伏するのは火を見るよりも明らかであった。楽な戦である。しかし勝つことが目的ではなかった。

吉見は「大内義隆の仇討ち」を掲げている。昨年末の力戦もそれゆえだろう。しかし裏を返せば、これは好機でもあった。戦って討ち負かされるのではない、威に屈して降伏すれば、即ち吉見は仇討ちの大義名分を捨てたことになる。

相手の十倍以上の兵を集めたのは、そのためだ。これは戦であって戦でない。叛逆の徒・吉見正頼に、大内義長が正統な後継者だと宣言させる儀式であった。

それを遍《あまね》く領内に示すには、安芸と備後の国衆も集めねばならぬ。晴賢は元就にも参陣を求めた。

ところが、どうしたことか。毛利からは梨の礫《つぶて》である。既に盛夏六月、三本松城を包囲してから三ヵ月が経とうとしていた。返答を待つ日々に焦れ、夏の暑気に苛立ちが増す。

六月五日、晴賢の陣幕に急使が駆け込んだ。

「注進、注進!」

只ごとでないのは、泡を食っている辺りから容易に見て取れる。何が起きたのか。晴賢は無言で面持ちを厳しく固め、報告を促した。

伝令は、咳《せ》き込みながら発した。

「毛利、元就殿。……謀叛！　謀叛にござります」

耳を疑った。呆然《ぼうぜん》と発する。

「何と申した」

去りし日、大内に貴殿がある限り再び向背を違《たが》えまいと誓った、あの男が。共に大内を支えて新たな世を切り開くべしと、互いを認め合った元就が。

晴賢はふらりと前に出て、未だ咳き込んでいる伝令の胸座《むなぐら》を摑んだ。

「元就殿が裏切ったと申したのか！」

伝令はすっかり震え上がってしまった。共に陣幕にあった宮川と三浦に制され、晴賢は再び床机に腰を下ろした。

しばし気を落ち着けて、詳しくを聞いた。

元就は吉川・小早川と共に安芸国衆を束ねて叛旗を翻した。そして各地の守りを残して兵三千を率い、ただの一日で防芸国境の草津《くさつ》城、桜尾城、己斐《こい》城、佐東銀山城を落とし、厳島も押さえたという。

「信じられぬ……」

落とされたという四城は、安芸代官・弘中の支配下である。吉見攻めのため、これらからも兵を掻き集めたのが仇となったと言うのか。否、否。そんなことが、あってなるものか。確かめねば到底信じられぬ。晴賢はひとしきり激しく頭を振ると、宮川を向いて命じた。

「宮川よ。兵三千を率いて安芸に向かえ。ことの真偽を確かめ、もし毛利に謀叛の動きあらば討ち果たして来い」

「は……はっ！」

宮川は勢い良く頭を下げて兵をまとめに走り、その日のうちに三本松城を離れた。

*

六月十四日、元就は厳島の北の対岸、桜尾城にあった。安芸に押し寄せた大内――陶の軍勢を迎え撃つためである。敵は今夕、城から西に六里の折敷畑山《おしきばたやま》に布陣していた。

暮れ六つ半（十九時）を回って、夏の長い日がようやく落ちた。天頂が漆黒に染まっても、敵陣・折敷畑山の山際には微《かす》かな残照が滲んでいる。福原貞俊《ふくはらさだとし》と宍戸隆家《ししどたかいえ》が物見から戻り、本丸館の広間に並んで頭を下げた。

「敵は陶の手勢に一揆《いっき》衆を合わせた七千ほどと見受けます」

福原に続き、宍戸が口を開く。

「折敷畑山の本陣には大内の花菱《はなびし》紋が翻っており申した。陶晴賢が自ら出向いて来たのではあるまいかと」

三本松城に向かった将のうち、大内菱の紋は、分家筋の晴賢と問田のみである。石見での戦だけに、当地守護代の問田が戦場を離れるとは考え難い。元就は「ふむ」と頷いた。

「相分かった。あの男と一戦交えるなら、ここを決戦と心得ねばならぬ」

吉田郡山城の戦いで共に戦った日を思い出すと、どこか切ないものがある。

あの時の晴賢は、若く、潑剌《はつらつ》としていた。実に見事な戦ぶりに、己は惚れ込んだのだ。そのためだろう、離れる機会はいくらもあったのに、これまで見限る気になれなかった。

だが三本松城への参陣を求めるに当たり、晴賢はまたも毛利の立場を一顧だにしなかった。一年余に亘《わた》る尼子の侵攻を食い止めた直後なのだ。ここで安芸を留守にすれば、背後を衝かれるやも知れぬ。

それが大国を動かす難しさだと言われれば、認めざるを得ない。全ての者が納得する差配などあり得ないのだ。それでも、さすがに己も腹に据えかねた。

ゆえに静観した。そして晴賢は、この無言の抗議を一蹴《いっしゅう》した。自ら直接、安芸国衆に参陣を命じたのだ。それらは一揆衆となり、折敷畑山の大内方に与している。取りまとめ役の頭越しに下知を飛ばすなど、権益を削るに等しい。斯様なことをする以上、三本松城の次は毛利が目の敵にされるだろう。

言葉を尽くして参陣できぬ旨を説けば、斯様な仕儀にはならなかったかも知れない。だが昨年までの尼子との戦いと、以後の旗返山城を巡る差配で思い知った。晴賢にとって、毛利は既に盟友ではない。大内の天下を成就するための駒でしかないのだ。

元就は沈黙を破り、厳かに命じた。

「朝駆けを仕掛ける。わしは隆元と共に千五百を率いて正面、東から進む。元春には五百を任せて山伝いに北から、隆景は八百で南から攻め上らせよう。福原、宍戸。其方らは二百を率い、敵の背後、西側に潜んで先手を命じる。小競り合いを仕掛けて敵の目を引くべし。そこに我ら三手が攻め掛かり、囲んで一気に敵陣を潰す」

下知を受けた福原と宍戸はすぐに「承知」と頭を下げ、勇躍、広間から駆け去った。それを見送って「ふう」と息をつく。

「晴賢……殿か」

かつて盟友と信じた男の名を呟く。だが感傷に浸っている暇などない。最も恐るべき敵なのだと、両の掌で自らの頬を強く張った。

その晩、毛利軍は全軍三千で桜尾城を発った。

海岸沿いの桜尾城から西の折敷畑山へと夜陰を進む。敵方の物見に悟られぬよう、夜目の利く透破《すっぱ》衆に先導を任せ、松明《たいまつ》などの灯《あか》りは一切持たない。息を潜め、足音を忍ばせて進む。慎重に慎重を重ね、たった六里、半時で歩き果せる道に二時半をかけた。
「止まれ」
城下の村を過ぎた辺りで、元就は静かに発した。将が復唱すること
はない。皆が、ただ前の者の動きに倣う。静々とした行軍は、やがて
ぴたりと止まった。
と、後方から吉川元春の五百が北方の山を指して分かれ、小早川隆
景の八百が南方の川に向けて列を離れて行った。福原と宍戸の二百も、
川を溯《さかのぼ》って敵の裏手に回るべく、隆景と同道した。
これらを見届けると、元就は兵を伏せた。田の稲も青く育って丈が
伸びている頃だ。田畑から外れた辺りには夏草が長々と繁《しげ》り、身を隠
す場には困らない。

夜討ち、朝駆けと言うが、実際はどちらも大して違わない。夜討ちは敵が寝静まった頃、丑三《うしみ》つ時（二時半頃）を狙う。対して朝駆けは「今宵《こよい》はもう敵襲はあるまい」と敵が警戒を緩める時分、夜八つ半から暁七つ（三時から四時）頃を狙う。

元就が敢《あ》えて朝駆けを選んだのは、陶晴賢という将の力を知るがゆえであった。

長途の行軍を終えた直後の兵は疲れており、夜になると深く眠ってしまうものだ。ここに攻め掛かるのが夜討ちの常道であった。だが晴賢ほどの者になると、これをも見越して不寝番を多く置き、すぐに対処できるよう備えているやも知れぬ。夜明け近くの頃、敵がほっとひと息ついた時の方が、奇襲は成りやすいはずだ。

（あと、どれほどか）

福原たちの動きを待ちながら辺りを見遣った。

夏六月、人にとっては蒸し暑い夜も、虫にとっては盛りの季節である。田圃《たんぼ》や川の水を求めて飛び交う蛍の光が、暗闇の中にいくつもの糸を引いた。すう、と滑らかな筋が流れ、しばし漂ったかと思うと、雅《みや》びた半円を描いて戻る。戦場でなければ、何とも趣のある景色であろう。いつまで見ていても飽きることはあるまい――。

思う間もなく、遠くで光の群れが乱れた。ぱっと散ってしまったものがあるかと思うと、逃げ惑っている蛍もある。

「……いかん」

あの辺りは四、五町も先だろうか。味方の兵がいる場所ではない。

元就は小声で透破を呼び、囁くように命じた。

「敵の備えがある。福原と宍戸に、朝餉《あさげ》の煙を待って仕掛けるよう伝えよ」

「はっ」

透破は草むらに紛れ、音もなく去った。

朝駆けのつもりが、野の只中で夜明かしとなった。やがて空が白み、後方遠く桜尾城下の寺から鐘の音が渡って来た。勤行《ごんぎょう》の始まり、七つ半（五時）だ。

すると、先に蛍の乱れた辺りで立ち上がる兵がある。数は五百ほどだった。

「さすがは陶晴賢」

元就は蚊に食われた左の瞼を掻いて深く溜息をつき、次の好機を待った。

夜襲に備えて野伏せりがあったのなら、山中の敵陣でも多くが起きていたはずだ。夜明かしの空腹ゆえに朝餉を早めるのは必定、日が昇る前に支度となろう。つまり敵はそこで気を緩める。空が白み、しかし野辺はまだ仄《ほの》暗い黎明《れいめい》の時分なら、こちらが潜んでいることは見通せまい。炊煙は進撃の烽火《のろし》なのだ。

待つこと一刻ほど、遠く兵の喚声が渡って来た。

「来たか」

耳を澄ます。北や南ではない。間違いなく山向こう、西側からであった。福原と宍戸が仕掛けたのだ。しかし元就は、いま少し身を潜めて聞き耳を立てた。

敵陣で応戦する兵が増えたのか、騒ぎが次第に大きくなっている。

それでも、もう少し、あと少しと待った。

明け方の野に東から一条の光が降り注いだ。日の出の明るさを受け、草の緑が橙色《だいだいいろ》に濁る。

「者共、立てい」

元就の号令に、千五百が一斉に立ち上がった。

「進め！」

隆元が叫ぶ。それを合図に、毛利軍は折敷畑山へと馳せた。朝駆けのはずが、ひたすら待つばかりとなり、夜明かしの末に腹を空《す》かせた兵は殺気立っている。足軽が長槍を担ぎ、腰まである草を掻き分けて猛然と先陣を切った。安芸の地侍が雄叫びを上げてそれに続く。

山の中腹にある敵陣までは八町ほど、このくらいを駆け登るのに時は要らぬ。そして案の定、敵は西からの奇襲に目が行っていて、大した労苦もなく陣に詰め寄ることができた。

鬱蒼と繁った木々の葉に遮られ、未だ山中に朝日は届いていない。薄暗がりの中、元就は兵の後ろから叫んだ。

「掛かれ」

先手の足軽が長槍を高々と掲げ、右往左往する敵兵に向けて振り下ろした。

敵兵の中でも陣の末端にある安芸一揆衆は、ひと当たりしただけで大半が瓦解《がかい》した。さもあろう、気を抜いていたところに奇襲を受け、そちらに目を向けたと思ったら、あらぬ方からまた襲われたのである。勢いを得た兵は、なお山を登る。すると二町も向こう、最大の陣幕からひとりの将が姿を現して、肚の据わった大声を寄越《よこ》した。

「毛利元就！　謀叛したとは、まことであったか」

陶家臣、常に晴賢の傍らにある宮川房長だった。

「晴賢は、そこか」

隆元が狂おしいばかりに叫び散らし、二百ほどを率いて突っ掛ける。若殿を討たすなと、他の兵がそれに続いた。

「出て来い晴賢。そっ首刎《は》ねてくれる！」

隆元はなお叫び、槍の柄で敵兵を打ち据えて退け、道を開いてゆく。宮川も自らの周りにある百ほどを束ねて山を駆け下りて来た。

「其方ら如き、殿が出向くまでもあるか」

聞いて、元就は愕然《がくぜん》とした。晴賢ではない。こちらの出方を読み、夜襲に十全な備えを布いていたのは、宮川だったと言うのか。

「否とよ」

頭を振り、自らの驚きを振り払った。晴賢ほどの男が右腕と認める者なのだ。優れた才を備えていて当然ではないか。これほどの将、生かしておいては後々の災いとなる。

「者共、進め。隆元に加勢せよ」

声を嗄《か》らして叫ぶ。元就の周囲からまた二百ほどが駆け出し、隆元の兵と斬り結ぶ宮川に襲い掛かった。三倍、四倍の兵を相手に奮戦していた宮川も、これでは堪《たま》らぬとばかり、じわり、じわりと後退し始めた。

そこへ――。

「吉川元春、参る」

「小早川隆景、見参」

北と南から、気勢を上げた新手が喚き掛かった。宮川が率いていた百ほどの兵はすぐに揉みくちゃにされ、毛利方の人波に呑まれていった。

戦は半日で終わった。大内方は総崩れとなって七百余の討ち死にを出し、残る兵も大半が四散してしまった。

翌日、宮川房長の首が桜尾城に届けられた。元就はこれを実検し、瞑目《めいもく》して掌を合わせた。

「天晴《あっぱれ》な戦ぶりであった」

ふと、寂しさが胸を襲った。

「宮川。お主、申しておったのう。謀叛の話は、まことだったか……と」

つまり晴賢は毛利の離反を疑っていたのだ。宮川を差し向けるに当たって自らの将旗を持たせたのは、そうすれば己が出向いて申し開きをすると思ったから、なのかも知れない。

「そうか。このわしを信じてくれていたか」

小さく発する。そして元就は、ぐっと奥歯を嚙《か》み締め、やるせない思いを流し去った。

「甘いわい。……陶晴賢」

面持ちには、戦乱に生きる将の不敵な笑みだけがあった。

＊

「注進、注進」

三本松城を囲む陣、南の野坂山に早馬があった。切迫した叫びを聞き、晴賢は陣幕の内で勢い良く床机から立ち上がった。城攻めには目立った動きがない。これほど切羽詰った声を上げるとなれば、考えられることはひとつだった。

「急ぎ、これへ」

声に従って伝令の者が陣幕に駆け込み、跪《ひざまず》いて息を弾ませる。大きく肩が上下するたびに、額や頬から玉の汗が滴り落ちた。

「やはり毛利は――」

「宮川房長様」

こちらの問いと、向こうの報告がぶつかる。伝令は発しかけたところで頭を下げた。

「申し訳ございませぬ」

「構わぬ。其方の一報を聞けば、わしの用は済むのだ。宮川がどうした」

すると伝令は頭を上げて顔を強張らせ、振り絞るように発した。

「宮川様、討ち死になされました」

がん、と頭に響いた。

討ち死に。死んだ。何があっても己に付き従うと言ってくれた、あの男が。宮川が！

「……馬鹿な」

毛利は裏切ったのだ。大内家を、この晴賢を。

だが、どうしてだ。なぜ宮川が死なねばならぬ。

確かに、毛利の裏切りが明らかなら討ち滅ぼせと命じた。戦になったのだろう。

それでも、早すぎる。宮川がここを出てから二十日と経っていないではないか。桜尾城には三千が籠もっていると聞いた。ゆえに同じ三千を与え、安芸国衆の一揆勢を加えてやったのだ。その上、己の旗——大内菱を持たせたのに。

「宮川様は、こと切れる間際まで案じておいででした。ここで毛利に敗れては、大内が安芸一国を失うであろうと」

伝令が何かを言っている。何を言っているのだ。風の音と何も違わない。全てが右の耳から左の耳へと素通りしてゆく。

「宮川……」

晴賢は、ぼんやりと呟いた。

毛利よりも多くの兵と大内菱の旗を与えたのだ。もし本当に元就が裏切ったのだとしても、己が出向いたと思わせれば翻意させられると信じていた。そうでなくとも、出足を鈍らせることはできるはずだと。

「ゆえに、それがしに早馬を命じられたのです」

伝令はなお、血を吐くが如く叫び散らしている。うるさい。少し黙っていてくれ。考えているのだ。宮川が、なぜ死ななければならなかったのかを。考えさせよ。考えさせてくれ。

「毛利の裏切りを殿にお報せすべし、そして安芸に何らかの手を打つように申し上げよと。この房長の遺言を、お伝えせよと！」

「やかましい！」

一喝を加える。伝令は声に押されて仰《の》け反り、体勢を崩して尻餅《しりもち》を突いた。

「殿、お鎮まりを」

傍らにある野上賢忠が、控えめに声を寄越す。晴賢は無視して、眼下に見下ろす者に罵声《ばせい》を浴びせた。

「先ほどから何を叫んでおる。……答えよ。宮川が、なぜ死ななければならぬ。毛利が裏切ったと報せがあらば、苦戦しておると一報あらば、わし自らすぐに出向いたものを！　それほどに元就の攻めは速かったのか。何もできぬほど厳しかったのか！」

伝令はたじろぎながら、声を震わせた。

「宮川様は、その、敵方に攻め掛かられて、仰せでした。大内菱の旗を掲げたのが、まずかったのやも知れぬと」

「何だと」

憤怒《ふんぬ》で熱くなっていた総身が一気に冷えた。ぶるりと嫌な震えが背を伝う。

伝令は深い呼吸を二つ繰り返し、自らの気を支えんとするように、途切れ途切れの言葉を返した。

「大内菱の旗があればこそ、毛利方は……ここぞ正念場と、肚を括《くく》ったのやも知れぬ。そう仰せでした」

頭の中が空っぽになった。どこまで行っても真っ白な中に、高笑いが響く。聞き慣れた元就の声だった。

何たることか。翻意を促し、出足を止めるための策が、かえって元就に火を点《つ》けたとは。

己なのか。宮川を死なせたのは、他ならぬ己自身だったと言うのか。毛利の裏切りが明らかなら討ち滅ぼせと言い、それ以上の策を与えなかった。逆に、窮地に追い込んでしまったとは。

「……すまぬ」

「え？　いいえ、その」

伝令が目を白黒させている。おまえに謝ったのではないと思いながらも、無駄に口を動かす気にはなれなかった。

「安芸の一揆衆と、周防大島《おおしま》の宇賀島警固衆《うかしまけご》に遣い致せ」

「は？」

「宮川の遺言なのだろう。まずは、それらの者に毛利を睨ませる」

奇妙な沈黙が流れる。三つほど呼吸をした後、伝令はやっと「御意」と頭を下げ、駆け去って行った。

晴賢は床机に戻って目を伏せた。傍らの床机に、野上が腰掛けた音がする。

「外してくれ」

「あ。……はっ」

応じて陣幕を出る野上からは、どこかほっとしたような空気が感じられた。

一揆衆と宇賀島水軍に牽制《けんせい》させるだけでは、十分ではあるまい。元就が周防に手を伸ばすことは防げるだろうが、安芸の多くは平らげられてしまうはずだ。

だが当主・義長、そして大内の実権を握る己が揃って三本松城攻めに出陣している以上、今から兵を割いてどうにかできるものでもない。右往左往して醜態を晒《さら》せば、この城攻めも中途半端に終わってしまいかねなかった。

「元就殿」

ぼそりと呟き、晴賢は右手に拳を固めて自らの頬を殴り付けた。

「毛利元就……許さぬぞ。裏切りも……宮川を討ったことも」

必ずや身を以て思い知らせてくれん。あまりの怒りに、先に握った拳がわなわなと震える。掌に爪が食い込み、鮮やかな赤が一滴、膝の上に落ちた。

折敷畑山の敗報から二ヵ月半ほどが過ぎた九月二日、大内義長と三本松城の吉見正頼は和議を結ぶに至った。長引く籠城で吉見方の兵糧が尽き、毛利の離反を抱えた大内もこれ以上の長陣を嫌ったため、互いに落としどころを探ったものであった。吉見は嫡子・亀王丸《きおうまる》を大内の人質と為し、義長と晴賢に降《くだ》った。

しかし、これで大内が鎮まることはなかった。晴賢が見越していたとおり、元就が安芸を席巻して新たな脅威となったためである。一揆衆を潰し、各地の城を奪った毛利は、もはや一介の国衆ではない。大内に敵対する大名と呼ぶに相応《ふさわ》しかった。

三・元就の筆

山口の陶邸にあって、晴賢はひとり伏し目勝ちに沈思する。

毛利が敵となった。何としても叩かねばならぬ。

兵こそ少ない。安芸の大半を従えたとは言え、動かせるのは精々が五千ほどだろう。外に打って出る時は三千そこそこだ。対して大内は周防と長門で一万ずつ、豊前と筑前でそれぞれ七千、石見で六千、総勢四万を動かせる。

(とは申せど)

戦は第一に兵の多寡だが、それだけで決まるものでもない。吉田郡山城の戦いでは他ならぬ己が、一万の兵で三万の尼子軍を壊滅させている。

その奇襲も己ひとりでは成し得なかった。

(毛利元就……)

あの男がこちらの思惑を汲《く》み取り、より仕掛けやすくなるように兵を動かしたからこそだ。寡兵で大軍を討ち破るのは元就の真骨頂である。加えて、今も石見の東部が尼子に脅かされているとなれば、大内は兵力に胡坐《あぐら》をかいていてはならない。

(うん?)

晴賢は半開きだった瞼を大きく広げた。

「尼子か」

先から尼子、尼子と考えていたが、山陰の雄は大内だけを敵視しているのではない。毛利とて同じだ。そこにこそ光明がある。

「宮……」

声を上げてすぐに押し止め、苦笑と共に頭を振った。

「もう、いないのだったな」

討ち死には戦の常とは言え、寂しさを禁じ得なかった。余の家臣とて同じように信頼しているが、この屋敷で長く苦楽を共にした日々は、ことほど左様に大きい。

晴賢は自らの右腿を袴《はかま》の上から抓《つね》り上げた。今は悲しんでいる時ではない。宮川が死なねばならなかったのは、己が満足な策も授けずに急がせたからなのかも知れぬ。ならば、せめて宮川の魂に報いてやれる結末を手にしなければ。

「三浦、三浦やある」

宮川房長が討ち死にした後、この屋敷に詰めている三浦房清を呼んだ。三浦は少しも待たせずに居室前の廊下に参じ、片膝を突いた。

「御用にござりますか」

晴賢は力強く頷いて発した。

「尼子との和睦《わぼく》を図れぬかと思うておる」

「和睦とは、これまた」

驚いたようだ。当然だろう。かつて月山富田城で戦い、大内が大敗した後に和議を結んだものの、すぐさま反故にした相手なのだ。その後も大内傘下の備後や安芸に何度も手を伸ばしてきた。困難極まりない話である。

しかし晴賢は真剣そのものの目で三浦を見据えた。

「やらねばならぬ。尼子と毛利を一手に引き受けられるほど、今の大内は磐石《ばんじゃく》ではない。だが、どちらか一方を押さえ込んで置けば何とかなる」

「よほど譲らねばなりますまいぞ」

「分かっておる。石見の東半国、および備後をくれてやれば良い」

三浦はしばし難しい顔をしていたが、やがて「あっ」と口を開いた。

「それは、つまり」

晴賢は、にやりと頬を歪めて頷いた。

石見は周防と安芸の北辺に覆い被《かぶ》さるように領を広げ、備後は安芸北東と境を接している。両所を割譲するとは、つまり安芸——毛利の喉元に刃《やいば》を突き立てるということなのだ。

無論、一時凌《しの》ぎである。しかしその間だけ、尼子の目は安芸に向く。出雲の雄・尼子と安芸の驍将《ぎょうしょう》・毛利元就、互いに嚙み合えば、どちらが勝っても無傷では済むまい。

「まずは透破を放ち、出雲を探らせよ」

「承知仕りました」

下知に鋭く頷くと、三浦はすぐに手配に向かった。

それから十日ほど、十一月三日となった。未だ透破からの報せはない。

出雲を探る一方、安芸の動向にも十分に気を配った。かつての安芸代官、彼の地に近い周防岩国に領を持つ弘中隆包に命じ、目を光らせている。

「未だ動かぬか」

弘中の書状に目を通し、晴賢は「ふう」と息をついた。安芸各地を平らげた後、毛利はこれと言った動きを見せていない。新たに従えた地を宣撫《せんぶ》してはいるらしいが、これは誰でもすることである。拍子抜けしつつ、得心するところもある。毛利とて身動きが取れないのだ。この猶予を以て、何としても尼子を動かさねば――。

「殿、殿！」

廊下の向こう側から、泡を食った三浦の声が駆け寄ってきた。晴賢は面持ちを厳しく引き締めて問うた。

「何があった」

三浦は、ごくりと唾《つば》を飲み込んで頷いた。

「二日前の十一月一日、出雲の新宮党、尼子国久《くにひさ》・誠久《さねひさ》父子が討たれました。透破の報せによれば、当主・晴久による闇討ちとのことにございます」

半ば怒鳴るような声音が頭の中でこだまする。晴賢は言葉を失った。

新宮党は尼子の武を支える精鋭である。安芸や備後に兵を向けて来た時も、常に軍兵の中枢にあった。それゆえだろうか、尼子国久は家中に於いて尊大で、甥《おい》に当たる当主・晴久に対しても傲慢《ごうまん》な振る舞いが目立つと聞き及んでいた。

晴久は、公然と蔑《ないがし》ろにされて憤ったのだろうか。短慮なところがあるという風聞ゆえ、考えられぬ話ではない。だが新宮党は尼子にとって頼みの綱ではないか。

（わしも、杉を）

人のことは言えぬかと思い、寸時顔が渋くなったが、心中で「さにあらず」と退けた。杉重矩を討ったせいで、確かに己も大内全体の動きを遅れさせた。しかし杉はいつか討たねばならぬ者であったし、何より己には弘中隆包や問田隆盛、内藤隆世、そして当時は味方だった毛利元就など、杉以上に信頼できる将兵があった。

しばし何も言わなかったからだろう、三浦が躊躇《ためら》いがちな声音で問うた。

「如何なさいます。このまま尼子と和議の道を探ったとて、毛利を押さえ込むことは叶わ――」

「待て」

はっとして遮り、絶句した。

もしや、そうなのか。

傲慢な尼子国久に、当主・晴久は憤っていた。しかし尼子の主力ゆえ、苦い思いを堪え続けていた。国久を討たねばならぬ何らかの理由をくれてやれば、短慮な晴久を動かすことはできたはずだ。

今、尼子は自らの腹に風穴を開けてしまった。しばらく外には兵を向けられまいし、家中が落ち着いたとて、新宮党がなければ軍の威勢は明らかに劣る。一方の脅威が大いに薄まって一番得をするのは誰だ。

間違いない。

「元就……仕組んだか」

「まさか。謀略の末の闇討ちであると」

驚愕の色を湛えた三浦に、大きく頷いて返した。

「大国二つを相手にするのを嫌ったのだ。わしと晴久、より謀りやすい方を踊らせ、西国の争いから弾《はじ》き出した。そうは考えられぬか」

今度は三浦が言葉を失う。晴賢は、くすくすと含み笑いを漏らした。

「面白い。彼奴《きやつ》がその気なら、一気に片を付けるまで。尼子の乱れは我らとて望むところよ。これで安芸のみに目を向けられる」

まずは安芸を平らげるべし。然る後に力の衰えた尼子を討つ。大内による西国の支配は、これで成るのだ。敬愛した大内義隆を討ってでも勝ち取らねばならなかった階《きざはし》が、すぐそこにある。最大の難敵・毛利元就との決戦を思い、晴賢は気を昂《たか》ぶらせて面を紅潮させた。

＊

十二月、元就は吉田郡山城から大半の兵を率い、防芸国境を間近に望む桜尾城に入った。新宮党が潰れた以上、尼子領に近い郡山にはわずかな備えがあれば済む。

ところが間もなく、晴賢もまた二万の兵を整え、弘中隆包の岩国領に配した。

年明け天文二十四年（一五五五年）元日、元就はこの報せを受けた。決戦を目前に控えて正月の祝いも質素なものだったが、居並ぶ家臣と共にわずかばかりの屠蘇《とそ》を含んでいる時であった。

元就は「さすがだな」と唸った。

晴賢と戦を構えるに当たり、尼子の動きを封じるべく、謀略を仕掛けて新宮党を壊滅させた。右筆の中から特に筆の立つ者を選び、尼子国久の筆の癖を真似て、毛利への内通を記した偽書を仕立てさせたのだ。これを透破に持たせて出雲へ遣る。敢えて尼子方に見つかり、慌てて逃げる風を装って、偽書を落として来させた。結果、尼子当主・晴久は踊らされて自ら首を絞めた。

あれからまだ二ヵ月である。新宮党についての一報を受けた直後に動かねば、二万など到底整えられない。つまり晴賢は、この謀略を即座に見抜いたのだ。

「児玉、福原」

宴席の興どころではなくなった中、児玉就忠と福原貞俊に声をかける。二人は何を求められているのかを察し、相次いで口を開いた。

「弘中隆包は、さすがに老巧です。密書を届けた透破が斬られ申した」

「江良房栄には当たりを付けてござる。未だ返答はございませぬが」

元就は児玉を向いて「ふむ」と頷いた。

「弘中は……致し方あるまい。晴賢を除けば大内で最も能ある男ぞ」

そして福原に眼差しを流した。

「江良については急ぐように」

「はっ」

調略であった。如何にしても安芸の兵は五千、大内は岩国の二万に加え、領内にはさらに二万余を残している。晴賢さえ除いてしまえばというところだが、そのためには、まず来るべき戦に勝たねばならぬ。何としても敵方を乱す必要があった。

吉報を待ちつつ、相手の出方を窺いながら半月ほどが過ぎた。

ある晩のこと。

そろそろ寝所にと思った頃になって、近習《きんじゅ》の平佐就之《ひらさなりゆき》が元就の居室を訪ねて来た。平佐は宿直《とのい》番ではない。既に今日の出仕を終え、二時も前に桜尾城下に宛がった屋敷へと退いたはずであった。夜更けに再びの登城となれば、只ごとではあるまい。

「如何した」

問うてみると、平佐はどこか当惑した風であった。

「殿に目通りを願う者がありまして」

「この時分にか」

「はい。天野左衛門入道慶安《あまのさえもんにゅうどうけいあん》、ご存知でしょう」

確かに良く知った者だ。安芸国衆・天野隆重《たかしげ》の一族である。天野一族は揃って大内に従っていたが、大寧寺の変事以後、隆重は毛利に、慶安は陶に仕えていた。

敵のはずの慶安である。夜陰に紛れて目通りを求めている辺り、使者ではない。

「用向きは聞いておるか」

「それが、大内から追い出されたと申すのです。三本松城の戦いで軍費をくすねた咎だとか。もっとも当人は、身に覚えのないことだと憤っておりましたが」

「ふむ……」

背を丸め、胡坐の膝に頬杖を突く。眉根が寄った。

何ゆえ慶安は、今ここにいるのだろう。かつての誼《よしみ》を頼って、というのは分かる。解せないのは、晴賢が慶安を放逐した理由であった。

今の晴賢は目を曇らせている。だが、頭の切れまで鈍った訳ではない。新宮党の一件をたちどころに看破したのだから、それは明らかだ。

慶安に罪があるか否かを見極めるぐらいは容易いだろう。もし罪状が本当なら追放など下策である。こうして敵方に逃れることを思い、首を刎ねておかねばなるまい。或いは、大寧寺以後も自身に味方し続けたがゆえの温情なのか。

(馬鹿な。晴賢……お主は)

あの難敵は、いったい何を考えている。今、一番に知りたいのはそれだ。

「あ」

ふと、元就は口を開けた。呆《ほう》けた顔が、次第に得心顔に変わってゆく。ひとつ咳払いして、言下に命じた。

「慶安をこれへ連れて参れ」

「は……はっ」

平佐は「訳が分からぬ」という面持ちながら、すぐに慶安を呼びに向かった。

恐らく晴賢は勘付いている。桜尾城に軍兵を詰めさせながら、なぜ毛利が動かないのか。答はひとつ、調略であると。こちらが晴賢の考えを知りたいのなら、向こうもこちらの思惑を摑みたいのが道理だ。つまり――。

半刻もすると、平佐が慶安を導いて再び居室に参じた。元就は顔を綻《ほころ》ばせて迎えた。

「慶安、良くぞ参った。昔の誼を忘れずに訪ねてくれたこと、嬉《うれ》しく思うぞ」

「勿体《もったい》なきお言葉を。恐悦至極に存じ奉ります」

剃髪《ていはつ》した細面には、薄っすらと涙が湛えられていた。

元就は「時に」と切り出した。

「話は、ここな平佐から聞いた。軍費をくすねたそうだな」

「元就様まで！　それがし天地神明に誓って、左様に恥知らずな真似はしておりませぬ」

慶安は口から泡を飛ばし、溜《た》めていた涙を流しながら、なお捲し立てた。

「陶入道は、三本松城の一件が不首尾に」

不意に言葉が止まる。元就は苦笑しつつ口を挟んだ。

「その戦の最中に毛利が謀叛した。まさに不首尾よな」

「いえ、その……左様なことを申しておるのでは。されど晴賢め、腹の虫が収まらぬからとて、それがしに当たっておるのです。そもそも、あの者は何ごとに於いても支離滅裂にござった。先代・義隆公を討った理由も野上賢忠から聞いてございますが、大内が滅べば義隆公が蒙《もう》昧《まい》の誹《そし》りを受けるからだとか。全く、訳が分かりませぬ」

「ほう」

短く応じ、その後は言葉に詰まった。

慶安は間者だ。それは間違いない。話すことの全てに警戒を要する。しかし、この話は真実であろう。野上賢忠から聞いたというのが証《あかし》である。嘘なら、もっとまことしやかに言うだろう。晴賢の第一の股肱《ここう》だった宮川房長の名を持ち出す方が、余人を騙すには効き目がある。

（そうであったか）

今さらながら、なぜ晴賢がこうまで大内に拘るのか、なぜ義隆父子を討ったのかを知った。

義隆の放蕩を捨て置けば大内が滅びる。主君父子を生かして置いても火種になり、やはり主家は衰亡の一途を辿《たど》る。それを防ぎたい――

詰まるところ忠節が強すぎて、逆に抑えが利かなくなったのだ。義隆の名を守るために討ち、今なお大内の天下を望み続けているとは、実にあの男らしい一本気である。思うと、ひとりでに笑みが漏れた。

だが元就は、自らの笑顔を鼻で笑い飛ばした。

（半端者め）

大内を背負って立つ身となってから、晴賢は大国の差配を貫いてきた。だが根本には主家への、そして未だ義隆への奉公という思いが残っている。誰かを支えるのではない、自らの足で立つ気でなければならぬことが分かっていない。ここに付け入る隙を見た。

元就は腰から上を乗り出し、声をひそめた。

「すまぬ、晴賢の言い分とやらに呆《あき》れておった。のう慶安。其方、あの男を討ちたいか」

「無論にございます」

「ならば、奴の弱みを教えてくれ。それを知れば百人力ぞ」

慶安は大いに喜んで頷き、滔々《とうとう》と晴賢の弱点を数え上げた。

ひとつ。杉の両家を討ったことで、豊前と筑前の兵が十分に律せられていない。いざ戦となれば、ここが綻びの元になる。

二つ。岩国に在陣する大半は周防と長門の兵だが、長門の内藤隆世は未だ年若く、何ごとに於いても場数を踏んでいない。大戦になれば兵を十全には動かし得ないだろう。

三つ。晴賢は元来が独善の気質だが、当主を挿《す》げ替えてからはそれが一層強くなった。家中の皆とも上手《うま》くいっていない。

四つ。宮川房長を無策の末に討ち死にさせ、譜代の家臣・三浦房清や末富志摩守が不満を持っている。先んじて恩賞を約すれば、これらは戦場で寝返るだろう。

五つ。毛利が厳島を押えている。大軍の兵と糧食を運ぶには海を使う方が良いが、安芸に攻め込むに当たって、晴賢にはそれができない。

当然ながら出足は鈍くなる。

六つ。先に晴賢は能島村上水軍を敵に回した。陸から毛利、海から能島衆が挟撃すれば、二万の軍勢も為す術なく退くであろう。

元就は、ひとつひとつに「ふむ、ふむ」と思案顔で頷いた。慶安は胸を張り、立て板に水の如く最後の言葉を述べた。

「晴賢めには、これだけの弱みがあり申します。然るに当人はこれに気付かず、まさに張子の虎と申せましょう。元就様に於かれましては、今すぐに兵を出して叩くこそ肝要かと」

「相分かった。されど」

「まだ何かございましょうや。それがしにお答えできることなら、何なりと」

元就は少し渋い顔を作って応じた。

「わしも其方と同じ思いだ。すぐにでも兵を出したい。が……」

座ったまま半身で後ろを向き、床の間に置かれた文箱から一通の書状を取り出した。

「これだ」

慶安は手渡された書状に目を落とし、しばしの後に「まさか」という顔を見せた。そして穴が空くほど文面を見つめ直し、感心したように顔を上げた。

「既に、斯様なことまで」

かつて福原貞俊に調略を命じていた、江良房栄の書状である。元就は苦笑と共にぼやいた。

「知行五百貫を頂戴できるならお味方仕る……とな。江良め、欲張りな男よ」

「お聞き入れなさるおつもりで？」

大きく頷いて返す。

「其方が参じたは、我が武運の強き印ぞ。これを以て江良の強欲を聞いてやる意味ができた。のう慶安、岩国を脱してこれへ参ったのなら、逆に、今から岩国に忍び込むことはできぬか」

「できまする。江良が毛利に通じておるなら、それがしを匿《かくま》ってもくれましょうし」

「然らば頼む。あの者と密議の上、晴賢を安芸に誘《おび》き出す算段を整えて欲しい。江良が疑わぬよう、わしが一筆したためて持たせるゆえ、まずは平佐の屋敷で待て」

「ははっ」

頭を下げた慶安に向け「それから」と付け加えた。

「其方も知行二百貫で召し抱える。励めよ」

「満願成就とは、このことにござる」

平佐が「しばらく」と割り込み、喜色満面の慶安に問うた。

「其許《そこもと》、先に三浦と末富も語らえると申されたな」

そして、こちらに向き直る。

「殿、如何にございましょう」

元就は手を叩いて笑った。

「おお、そうであった。歳を取ると忘れっぽくなって、いかんな。それも考えねばならぬゆえ、其方は残れ。慶安は下がって構わん」

慶安は「それなら」と応じた。

「仰せに従い、平佐殿のお屋敷で次のお下知を待ちまする」

座を立つ入道を見つつ、元就は「待て」と発した。

「もうひとつ忘れておった。これも先に其方が申しておったが、厳島のことだ」

怪訝な顔の慶安に、真剣な眼差しを向けて続けた。

「もし晴賢が厳島を攻め落として海を封じたら、逆に我らが窮する。江良と談合するに当たっては、これを防ぐ手立ても考えて欲しいのだが」

「承知仕りました。必ずや」

慶安は柔らかな笑みで一礼し、立ち去った。

静々とした足音が遠ざかって行く。居室に残った元就と平佐は、しばし互いに無言だった。

すっかり余人の気配がなくなると、平佐は「ふう」と長く息を吐いた。

「殿。それがし思いますに、あの者は間者ではござらぬかと」

元就は口元に失笑を浮かべた。

「今頃気付いたのか」

「え？　では……」

先に慶安に示した書状を畳みながら、元就は言った。

「まあ、分からんでもない。慶安め、見事な間者ぶりであった」

晴賢の弱みを並べ立てたところで、まず感心した。人というのは存外浅はかなもので、多くの真実を並べ立てられると、そこに紛れ込んだ嘘まで真実だと錯覚する。慶安の弁は、まさにそれであった。

「奴め、弱みとやらを水増しして話しおった。三浦や末富が、そう容易く晴賢を裏切るものか」

もしこれが杉重矩の――根源から晴賢と反りの合わぬ者の名であったら、一も二もなく騙されたろう。或いはここに参じたのが慶安ではなく杉であったなら、そもそも間者ではないかという疑いすら抱かなかったかも知れない。先んじて晴賢は杉を討ったが、それは斯様なところにも綻びを生んでいる。

平佐は「はい」と応じた。

「それに、やけに饒舌《じょうぜつ》でした。そこで怪しいと感じまして。予《あらかじ》め支度していた言葉を述べ立てておるに過ぎぬのでは、と」

目の付けどころが良い。元就は満足して頷いた。

「晴賢は、我らが三浦や末富を当てにして岩国へ進むように仕向けたいのだろう。向こうには十全な備えがあると見て良い」

「然らば何ゆえ、江良の一件を明かされたのです」

「あれも端《はな》から寝返る気などない。五百貫も寄越せと書き送ってきたのが、その証ぞ」

平佐は天啓を得たように「ああ」と感嘆した。

「つまり、慶安を岩国に向かわせるのは」

元就は、黙ってほくそ笑んだ。

*

本貫の富田若山城に入った晴賢の元に、一月の末、天野慶安が参じた。

「一大事にござりますぞ。これをご覧あれ」

慶安が懐から書状を取り出す。右後ろに控えていた安富源内が進み、受け取って晴賢に手渡した。

右の手首を振って書状を開き、目を落とす。晴賢はすぐに眉をひそめた。

「江良が寝返った……だと？」

俄《にわ》かには信じられぬ。思う心を察したか、慶安は身を乗り出して捲し立てた。

「桜尾城で元就に目通りした折、それがしは見たのです。寝返りの恩賞に知行三百貫では不服、五百貫なら承知するという書状です。確かに江良の筆にござりました」

「むう……」

晴賢は唸った。そして手元には、五百貫を認めると記された書状がある。何度も目にした文字の癖は忘れるはずもない、間違いなく元就の手であった。

真実が見えない。江良はかつて大内の直臣だったが、進んで陶の家中、陪臣となった。その者が裏切るだろうか。

「五百貫ですぞ。殿は江良に二百貫しか与えておられませぬ」

切羽詰った慶安の言葉に、晴賢は「しかしな」と応じた。

「桂元澄《かつらもとずみ》、児玉就忠、福原貞俊……毛利では譜代の重臣ですら三百貫から四百貫しか宛がわれておらぬ。寝返りに五百貫も出しては、元就こそ家中の不信を得るだろう。あれほどの切れ者が、それすら省みずに約束したとは……どうしても解せぬ」

慶安は「いいえ」と頭を振った。

「殿は元就を買い被り過ぎておられるかと。大内は岩国の二万に加え、領内に未だ二万の兵を抱える大国なのですぞ。たかだか五千の毛利は、なり振り構ってはおられぬのです」

晴賢も、大きく首を横に振って返した。

「ならば、そもそも大内に背くこと自体が間違っておる。敢えて叛旗を翻したからには、五千の兵で二万、四万を迎え撃つ算段とてあるはずだ」

道理を説かれ、慶安は黙ってしまった。しかし、二つほど呼吸をしたところで「あっ」と思い出したように顔を上げた。

「厳島……」

「うん？」

怪訝な顔を向けると、慶安はまた早口に言葉を継いだ。

「厳島にございます。元就は、海から我らを叩けると踏んでおるのではござりませぬか」

晴賢は「ふむ」と頷いて口を噤んだ。

元就は大内から離反した際に厳島を奪った。以来、小早川水軍や能島衆が安芸近辺の海を封じている。これが大内を叩く算段だという話には、頷けるものがあった。

「正面に毛利、海から能島衆、内側には江良の謀叛か」

晴賢の呟きに「我が意を得たり」とばかり、慶安の弁が勢いを増した。

「元就にとって、譜代が三百貫、江良が五百貫だとて、それは一時のことなのでしょう。譜代の者たちには、大内を叩き、周防を手に入れてから加増してやれば良いのですから」

そして「ああ」と得心したように頷いた。

「だからでしょう。元就は、我らに厳島を取られることを恐れておりました。江良と談合して殿を安芸に誘き出し、併せて厳島を取られぬように才覚してくれと、それがしに頼んだのです」

晴賢は、ひとつを問うた。

「其方、江良を語らうように言われたのだろう。もう会《お》うたか」

「はい。五百貫を所望したは、体良く断るための方便だと申しておりました。されど、おかしいでしょう。せめて、斯様な誘いがあったと殿に伝えておくべきでは？　現に弘中殿からは明かされております」

然り、弘中からは昨年末に聞いている。三百貫で寝返りの誘いを受け、書状を運んだ透破を斬り捨てたと。そして、他にも調略の手が伸びているやも知れぬから用心せよと忠言があった。慶安を間者として差し向けたのも、そのためである。

断るために敢えて吹っ掛けたというのも分からぬではない。それならそれで、なぜ江良は調略を受けたことを明かさなかったのか。弘中との人物の違いと言えば、それまでだが——。

「話を明かさば、かえって疑われると踏んだのか。それとも」

「何を仰せられます。弘中様は、殿がお疑いになるような人ではないと信じて、お話しあったのでしょう。江良は殿に確たる信を抱いていないのです。これだけでも疑うには十分かと」

何としても江良を除かねばならぬと考えているらしい。こちらが真偽を判じかねているというのに、うるさい男だ。もしや慶安こそ、元就の謀略に嵌《は》まり込んでいるのではないか。

晴賢は顔をしかめて返した。

「弘中と江良は——」

違う者なのだ。言おうとして、止まった。

「……そうか。弘中か」

「殿？」

「よし。其方、急ぎ岩国に向かい、弘中をこれへ呼べ」

きょとんとした慶安に向け、晴賢はさらりと命じた。半ば厄介払いのつもりであった。

四日後、遣いに立てた慶安と共に、弘中が若山城に参じた。晴賢は慶安を下がらせ、日頃傍に置いている安富源内も払って、弘中と二人で膝を詰めた。

江良が毛利に通じているという話がある。本当の話なら討たねばならない。晴賢の言葉に、弘中は大層驚いて返した。

「それがしも江良も長らく大内に仕えた身、互いを良く知り合《お》うております。あれは主家を裏切るような者ではござらぬ。いま少し実否を糾《ただ》してみなければならぬと存じますが」

晴賢は頷きつつも、なお懸念を述べた。

「大内直臣の其方でさえ、調略を受けたことを明かしてくれたろう。江良は今や陶の家臣ぞ。しかも、わしに仕えて日が浅い。其方以上に慎重でなければならぬだろうに、隠しておったのだ」

弘中は目を伏せて沈思し、然る後に瞼を半開きにした。

「江良が陶の家臣となった訳は、それがしも聞いております。先代・義隆公への忠節を曲げたくない、然りとて大内を出奔する気にもなれぬからだと。進んで陪臣になったのは、貴殿と同じ心根ゆえなのですぞ。信じてやらずして、どうします」

晴賢は俯いた。弘中の最後の言葉が胸に響いている。心の奥底が同じ者を信じられぬなら、おまえの信念とてあやふやなのだと言われている気がした。

「……そのとおりだ」

「お分かりいただけましたか」

眉を開いた弘中に向け、しっかりと頷いた。

「されど弘中、先に其方も申したように、いま少し検分せねばならぬと思うが」

「無論です。岩国に戻り、それとなく目を配りましょう。怪しむべきことあらば、一々をお報せいたしますゆえ」

一刻ほどの談判の末、弘中は岩国に戻って行った。

だが――。

一ヵ月と少しが過ぎた三月十日、弘中は再び若山城を訪れた。居室に参じて腰を下ろし、何とも決まりの悪そうな顔であった。

「これを」

どうしたのかと思いながら、晴賢は手渡された書状に目を落とした。

「先頃は恩賞五百貫をご承知くださり、有難きことこの上なしと」

がば、と顔を上げる。

「弘中、これは」

無言の頷きが返された。文字の癖で分かる。元就に宛てた、江良の書状であった。

先頃は恩賞五百貫をご承知くださり、有難きことこの上なしと存じます。天野慶安入道は陶の間者にて、それがしも諸々を探られましたゆえ、五百貫の儀は寝返りを断る方便と申し伝えて疑いを晴らし申しました。また厳島は大内方の泣きどころなれど、きっと晴賢を説き伏せ、海を渡らず戦に及ぶよう仕向ける所存。それがし陶の家臣にて晴賢に近付くこと容易なれば、これを討ち、首を取って寝返り申します。くれぐれも約定を違えられませぬよう、重ねてお願い仕ります。恐々謹言。

ひととおりを読み終えた晴賢は、うな垂れて頭を振った。

「どこで手に入れた」

弘中は面目なさそうに答えた。

「三日前、江良の陣の近くで。先に仰せ付けられたとおり、真偽を糾すため、十日に一度ほど顔を合わせておったのです」

「それで？」

「江良は百姓家の離れを借りて陣屋としておりますが、それがしが向かったところ、納屋の陰から黒装束が飛び出して来たのです」

透破は諜報や攪乱《かくらん》を担う者である。透破同士なら話は別だが、戦を本分とする武士と相対して勝つことは覚束《おぼつか》ない。一対一で対峙する羽目になったら、まず間違いなく逃げる。弘中と鉢合わせになった者も例に漏れなかったそうだ。

「振り向いて鉄菱を撒《ま》こうとしたゆえ、胸に斬り付けてやり申した。すると帷子《かたびら》が破れ、この書状が落ちまして。向こうが書状に手を伸ばしましたので、また斬り付けて追い払い、奪い取った由にございます」

晴賢は渋い顔で頷いた。

「毛利の手の者であろう」

「面目次第もございませぬ。江良はやはり、敵に通じていたものかと。この上は恥を雪《そそ》ぐため、我が手で江良を討つ所存にて。ご裁可を頂戴しに上がりました」

弘中が平伏する。晴賢は瞑目して返した。

「任せる。追って首尾を報せよ。それから……厳島も探っておけ」

「はっ」

弘中は、いたたまれぬように、そそくさと立ち去った。

十日後、晴賢の元に弘中から一報があった。三月十六日、江良房栄を闇討ちにしたということだった。江良は弘中と双璧《そうへき》を為す将である。討たねばならなかったのは痛い。だが、討たねば自らの首を絞めると思えば、致し方ないと諦めも付いた。

もうひとつ、弘中の書状には厳島の諸々も記されていた。毛利は既に、島の北西岸に小城を築いているそうだ。透破が落とした書状に記されているとおり、厳島を押えられているのは大内方の弱みである。安芸へ進むにしても兵や兵糧の運搬に手間取り、道中を襲われる危険が付きまとう。決戦に先んじて奪い返しておくことは必須となった。

四・夢見た明日

天高く聳《そび》える大鳥居、鮮やかな朱の柱を配した寝殿造りの社殿、潮が満ちればあたかも海に浮くが如し——華やかな雅と荘厳な静謐《せいひつ》が同居した厳島神社は、島の北西岸、有ノ浦《ありのうら》にある。

厳島の大半は山地であり、南西の岩船岳《いわふね》と北東の弥山《みせん》、峰を連ねる二つの山には人を拒むかの如き密なる森が繁っている。峻険な連峰に遮られ、山向こうにあるはずの海も見渡せない。平地は厳島社殿のある有ノ浦一帯と、島の北東部、包ヶ浦《つつみがうら》の入り江近辺のみであった。

社殿からわずか一里の北には、平地の中に突き出た小高い丘がある。元就が築いた宮尾城《みやお》の在所であった。城の東は弥山北峰の博奕尾《ばくちお》と繫《つな》がり、海と山で敵を拒む造りになっている。厳島を毛利の手から奪還するには、ここを落とさねばならない。

天文二十四年五月十三日、晴賢は宮尾城攻めを開始した。周防大島の警固衆――宇賀島水軍の船で兵を陸に上げ、二度、三度と詰め寄ったものの、容易に落とすことはできない。元来が要害の地である。厳島社殿から北上する他に攻め口がなく、敵もその方面の備えを厚くして良く凌いでいた。

そこで七月、晴賢は三浦房清に命じて仁保島城《にほじま》を攻めさせた。厳島と安芸本土の間、大野瀬戸《おおのせと》の海を通って進み、桜尾城から東方二十余里の地に出し抜けを食わせる。これが奏功すれば毛利方は背後を脅かされ、厳島どころの騒ぎではなくなる。

だが――。

「面目次第もござりませぬ」

八月一日、山口の陶邸に三浦が戻り、無念に満ちた顔で頭を下げた。

晴賢は「いや」と溜息をついた。

「さすがに敵の只中ということだ。城攻めが成らなんだ上は、おまえが生きて帰っただけで良しとせねばならぬ」

三浦は「勿体なきお言葉を」と感涙に咽《むせ》びつつ、厳しく引き締めた顔を上げた。

「敵の備えは相当なものにございました。大野瀬戸も中途までは楽に行き来できますが、宮尾城近くの海辺には因島衆が控えております。その向こうには小早川の警固衆、沖合いには能島衆の船も見え申した」

毛利に与する因島・能島の村上水軍が海を固めているという。三浦はその網を縫って何とか安芸本土まで漕《こ》ぎ付けたものの、陸に上がった頃には多くの兵を損じていたそうだ。

「そうであったか。このままでは」

晴賢は面持ちを曇らせた。毛利が安芸の海を制してしまえば、ますます強大な力を備えるに違いない。そして厳島から岩国へ、岩国から富田若山へ、やがて防府《ほうふ》へと海を押えられ、こちらは身動きが取れなくなる。大内が商人の船に課している関料や駄別銭も、村上水軍に奪われるのは必定であった。

「やはり厳島を取らねば、どうしようもありませぬ」

三浦の言に小さく頷き、座を立った。

「おまえはこの館でしばし休め。近いうちに、また出陣となるぞ」

翌日、晴賢は築山館に上がった。評定である。

「毛利は大内の恩を忘れ、謀叛して安芸一国を奪った。捨て置かば我らは笑い者、そればかりか海の益までも削られよう。ついてはこの晴賢、義長様の名代として軍を率い、元就の邪《よこしま》なる野心を挫《くじ》かんと思う。皆々、腹蔵するところを述べられよ」

そうは言うものの、口を開く者はなかった。岩国に着陣している弘中らの将を除くと、評定衆のほとんどが文臣である。戦についてはよくを知らないのだ。もし武功の臣がこの場にあったとて、それらの者は毛利攻めを否とは言わぬだろう。評定でありながら、実際は通達に等しい。

「なるほど。皆が同じ思いであるか。然らば義長様、よろしゅうございますな」

晴賢に睨み据えられ、当主・義長はおずおずと頷いた。

一ヵ月後の秋九月二日、晴賢は兵三千を率いて岩国に向かった。道中の海を見遣れば、夏と違って空との境がぼやけていない。日の光が次第に力をなくしてきているせいか、水も少しばかり黒ずんで見えた。

（大内家のために）

この海に毛利の旗を翻らせてはならぬ。必ず防いでみせる。固く心に誓い、先を急いだ。

三日後、岩国の二万に合流して永興寺《ようこうじ》を本陣と定めると、すぐに軍評定を開いた。参じたのは問田隆盛、内藤隆世、弘中隆包、羽仁《はに》越中守《えっちゅうのかみ》、大和伊豆守《やまといずのかみ》らの大内直臣衆、陶家臣からは三浦房清、山崎隆次、末富志摩守、野上賢忠である。晴賢の右後ろには小姓として安富源内が侍した。

「これより、此度の布陣を決める」

戦には将兵個々の持ち場がある。先手の先備え、中段の中備え、それらの後詰に当たる後備えと配され、その後ろにある大将の本陣を守る。各々を「備え」と呼ぶように、考え方の基は守りにこそあった。

晴賢はまず各地の守備について述べるべく、義理の弟・内藤隆世に目を遣った。

「隆世殿。この晴賢と入れ代わりに、兵三千を連れて佐波郡まで戻られよ」

隆世は「心外だ」とばかり、色を作《な》した。

「何ゆえです。それがしとて内藤の当主、この岩国にも七千を出してございます。三千を連れて戻らば、残る四千を誰が——」

「わしが差配する」

厳かに、力強い声音で遮った。

「義長様を山口の留守居に残した訳が、分からぬと申されるか。我らは必勝を期して進むものなれど、戦には武運というものが付きまとう」

だが、この武運というのは曲者《くせもの》で、ある程度は人の力で左右されてしまう。隆世は大寧寺の変で初陣を果たし、三本松城の兵糧攻めにも加わっていたが、此度はそれらの楽な戦とは比べものにならない。場数の足りておらぬ者に大軍を任せては綻びを生むというのが、隆世を外す理由だった。

無論、そうした本心は口に出さない。代わりに、晴賢はもうひとつの本心を付け加えた。

「万が一にも負けることあらば、その時に大内を支えるのは内藤家でなければならぬ」

内藤の先代にして自らの妻の祖父、内藤興盛を思い出す。大寧寺の変を境に隠居して大内義隆の菩提を弔っていたが、昨天文二十三年に六十歳の生涯を閉じていた。陶でなければ内藤がというのは、興盛に対する思いであった。

「分かってくれるな」

「……承知仕りました」

隆世は渋々といった風に頷いた。その顔には興盛の——義隆の死を知った時の——面影が見える。晴賢は微笑んで頷き、苦い思いを胸に封じた。

続いて、他の備えを決めてゆく。自らの富田若山城には元服して間もない嫡子・五郎長房《ごろうながふさ》と千の兵を置き、岩国の北・玖珂《くが》郡の蓮華山《れんげやま》城と鞍掛《くらかけ》城には、椙杜隆康《すぎもりたかやす》と杉隆泰《すぎたかやす》に各千ずつの兵を付けて残すこととした。

敵地に進むのは、それらを除く総勢一万七千である。防長勢と九州勢を合わせた一万一千は晴賢と陶家臣が率い、石見守護代・問田隆盛の四千、岩国領主・弘中隆包の二千、宇賀島水軍の船五百余艘《よそう》がこれに従う。

「さて、安芸への進路にござりますが」

羽仁越中守が発し、五つの方針を並べ立てた。ひとつめは、全軍を以て山陽道を取り、元就の入った桜尾城へ進むというものであった。

「これは最も手堅いやり方です。されど道中には毛利方の城が多く、落としながら進まねばなりませぬ」

二つめと三つめは、兵を二手に分けて陸路と海路を進むというものだった。陸と海のどちらに主力を置くかの違いしかないが、海を進む方は厳島に渡り、宮尾城を攻め落とさねばならない。

四つめと五つめは全軍で海路を取る。ただし、厳島を押えて海を制するか、一気に安芸本土に上がって元就の本城・吉田郡山を目指すか、という違いがあった。

全てを聞き終えて、侃々諤々《かんかんがくがく》の論争となった。

「まず、最後のは下策ぞ。仁保島を攻めあぐねたことを思えば、如何に全軍で進んだとて、易々と安芸に達せられるとは思えぬ」

問田が発する。内藤隆世が頷きつつ、後に続いた。

「それがしは留守居なれど、思うところを申し述べます。最も手堅い、最初の方針が良かろうかと存じますが」

「いやさ内藤様、行軍を海から襲われたらどうなされます」

「然り、毛利の城を落としながらでは長陣となり、兵が戦に倦《う》みましょうぞ」

陶の家臣、三浦房清と山崎隆次が相次いで難色を示した。特に山崎の言葉の裏には――当時の戦には参陣していなかったものの――月山富田城で尼子に大敗した轍《てつ》を踏んではならぬという意思が滲み出ていた。

「ならば、兵を二手に分け申すか」

大和伊豆守が問う。すると弘中が口を開いた。

「それが良うござろう。主力は山陽道を進み、毛利方の城を落としてゆく。海からの一手は厳島に渡り、宮尾城を落とす。さすれば道中で海を気にすることもない」

「されど弘中、宮尾城は堅固だぞ。主力は海を行くのが良くはないか」

問田の投げ掛けた疑問に答えるべく、弘中の口が開かれた。

しかし――。

「全軍、厳島だ」

弘中が発するよりも早く、晴賢は断じた。しんと静まった一同に向けて言葉を継ぐ。

「毛利の力が如何なるものか、考えよ」

そして滔々と語った。毛利は小早川水軍を擁し、因島村上水軍とも長く懇意であった。能島村上水軍まで味方に付けたとあっては、兵を二手に分けて海を行くのは危険である。

「海を介して繋がる周防と安芸ぞ。厳島を取らば、道中の敵城は飛び越して行ける。兵や輜重《しちょう》も進めやすくなり、我らは俄然《がぜん》有利となろう」

問田が「おや」と首を傾げた。

「先だって、それがしが取り次いだ書状がありましたろう。桂元澄の、寝返りの申し入れです」

山口の陶邸に送られた書状は、古い話から始まっていた。

十四年前、吉田郡山城の戦いに於いて、晴賢が最初に会った毛利の将が桂であった。それを踏まえて書状に言う。桂はあの時から晴賢の戦ぶりに感じ入っており、毛利と手を携えてくれることを嬉しく思っていたのだ、と。然るに元就は大内から離反してしまい、以後ずっと忸怩《じくじ》たるものを抱いている。今般、両軍決戦となれば、己は寝返って一気に郡山城を襲うであろう――。

「我らの兵数を知って震え上がり、寝返りを申し入れてきたのです。これに乗って、半分は陸を進めた方が良うござらぬか」

問田の言に、晴賢は「あれか」と鼻で笑って返した。

「桂が寝返る訳があるまい」

彼我の力に歴然たる差があることなど、端から分かっていた話である。長らくこちらに心寄せていたと言うのなら、折敷畑山――宮川房長が命を落としたあの戦いで、元就の背後を衝けば良かったはずだ。

「あの書状は元就の謀《はかりごと》よ。我らの兵を散らし、陸伝いに安芸へ誘き出さんとしておるのだ」

弘中が「馬鹿な」と眉をひそめた。

「敵に陸の備えがあるなら、なおのこと全軍で海を行ってはなりますまい。空き家となる岩国とて、敵方の餌食《えじき》となるは必定かと」

晴賢は「いいや」と首を横に振る。

「玖珂に兵を残すは、それを思うての備えではないか」

毛利は全軍でも精々が五千である。蓮華山城と鞍掛城に千ずつあれば、岩国の手前でしばらく持ち堪《こた》えることはできよう。その間に厳島を落とすための、全軍での渡航なのだ。

弘中は、なお抗弁した。

「されど、相手はあの毛利元就にござる。どれほどの難敵かはご存知でしょう。寡兵を以て尼子を退け続け、先には晴賢殿が差し向けた宮川と一揆衆の七千を、半分に満たぬ数で蹴散らした。この軍略に加え、小早川・吉川を呑み込んだ知略、江良ほどの男を寝返らせた謀略がある。陸海の双方に於いて、常に数の上で勝っておらねば」

晴賢も、一歩も退かずに応じた。

「其方こそ元就を分かっておらぬ。兵を二手に分けるは数を小出しにするが如し。左様なことをすれば、先に旗返山で負けた尼子の二の舞ぞ。そも陸に不安を抱かねばならぬのは、皆が認めるとおり、敵に海を制されているからだ。我らが厳島を取って睨みを利かせれば、立場は逆になろう。毛利方の諸城こそ不安に陥り、期せずして我らに寝返るのではないか」

「それとて、陸を進む兵があってこそではござらぬか」

「さにあらず。元就が宮尾城を築いたは、何としても我らを寄せ付けたくないからだ。考えてもみよ。厳島で因島衆と能島衆を阻み、安芸の海に入り込ませねば、毛利は袋の鼠となるのだぞ。弘中よ。其方は長く安芸代官であったゆえ、桜尾が如何なる城か知っておろう。あれは堅固なるぞ。しかも児玉就忠や、先の話にあった桂元澄ら、毛利譜代の猛将が後詰しておる。海の者共を退けず、背に不安を残したままで攻め果せると思うのか」

勢いに任せて捲し立てる。弘中も激昂して座を立った。

「それでも、厳島を攻めるのに総勢では多すぎる。如何に宮尾城の守りが固いからとて、一万七千の全てを向かわせるなど、左様に大仰なことをする道理がござらぬ」

「たわけ」

晴賢は一喝し、胸を張った。

「大内の力を見せ付けずして、この先、西国を束ねていけようか」

「……左様にござるか。然らばそれがし、厳島には参陣いたしませぬ」

弘中は、がくりとうな垂れた。そして、とぼとぼ歩を進めて評定の席を後にした。

＊

九月二十五日、元就は桜尾城本丸館の居室で厳島の地図を広げていた。

去る二十一日、大内方は大半の軍兵を率いて厳島に向かっていた。宇賀島水軍の大船を中心に四百二十艘、動いた兵は一万五千ほどと見られる。この数が曲者であった。

晴賢の狙いは宮尾城であり、厳島を手中にして因島・能島の村上水軍を安芸の海から弾き出すことだ。対して元就の狙いは、大内の大軍を厳島に誘い込むことであった。晴賢と弘中の次に頭の働く江良房栄を陥れたのも、厳島が毛利の命綱だと思わせたのも、そのためである。

「頭が痛いわい」

地図の岩国辺りをじっと見つつ、右の鬢《びん》をがりがりと掻いた。

宮尾城は小城である。如何に堅固に守っているとは言え、正直なところ、これを落とすのに一万五千という数は必要ないだろう。それほどの数を引き込んだのなら、良しとすべきなのかも知れない。

だが周防には内藤隆世の三千、富田若山城の千、玖珂郡の二千、加えて岩国に弘中隆包の二千がそっくり温存されている。実に八千、こちらの総数よりも多いとあっては身動きが取れなかった。防芸の国境から桜尾城までの道中に十全な備えを残すとすれば、敵兵の六分目も見積もらねばならない。実に四千八百である。ぎりぎりまで削ったとて四千、晴賢との決戦に臨む兵は千しかいないことになる。

「殿、殿！」

ばたばたと、算を乱したような駆け足が部屋の外に至る。児玉就忠であった。元就は嫌気も顕わに応じた。

「やかましいのう。何だ」

ちらと流す眼差しの光に、児玉はやや気圧《けお》されたように顎《あご》を引いた。

「因島衆から注進がございました。昨日、弘中が手勢を率いて厳島に向かったとのこと」

「何？」

思わず目が丸くなった。訳が分からない。児玉も当惑した顔で言った。

「何がどうなったのやら」

元就は小さく、鋭く首を横に振り、頭の中の不確かな迷いを振り払った。

「瓢箪《ひょうたん》から駒ぞ。訳など、どうでも良い」

今はただ、こちらの思惑どおりになっているという事実が大切なのだ。弘中が動けば周防には六千しか残らない。勝負を賭《か》けるべき時である。

「多少、心許なくはあるが……全軍の半数、二千五百で仕掛ける」

「然らば陣触れを」

元就は「いや待て」と腕を組んだ。

「まだ油断はできぬ。晴賢も弘中も智慧《ちえ》者ゆえな。間違いなく厳島に渡るかどうか、因島衆に見届けさせよ」

命じると、児玉は「承知」と返し、すぐに立ち去った。

或いは何らかの策があり、動いたと見せかけているのかも知れぬ。

そう思ったが、杞憂《きゆう》であった。二日後の九月二十七日、弘中が確かに厳島に渡ったと報じられる。元就は今度こそ陣触れを発し、三日後には厳島へ渡る支度を整えた。

ところが、その九月三十日は嵐であった。数日前から雲行きが怪しかったところ、ここへ来て大荒れに荒れたものである。

桜尾城から南西四里半の浜・地御前《じのごぜ》は豪雨に煙《けぶ》っている。夕闇立ち込める中にあってさえ、海に逆巻く波頭と、それが白く弾ける様は明らかに見て取れた。因島衆と小早川水軍の船も、浜に上げられているにも拘らず、西から激しく吹き付ける風に煽《あお》られて揺れるような有様であった。

日を改めてはどうか。家臣たちは無論、自らの次子にして軍中随一の猛将・吉川元春も危ぶんだ。しかし元就は断固として発した。

「西風は吉例であるを知らぬか。古くは源義経《みなもとのよしつね》が嵐の中に船を進め、屋島《やしま》の戦いに勝った例もある。風、結構。雨、大いに望むところぞ。敵の目を欺かねば、小勢の我らに勝ち目はない。この嵐こそ我らが姿を隠すもの、天が垂れ給《たも》うた加護である。速やかに出陣せい」

勇ましく鼓舞すると、真っ先に船に乗り込む。大将がそうしている以上、余の者は従う以外にない。全ての将兵が船に乗ると、因島衆が荒々しく声を上げた。

「ほいじゃあ、行くで。どうなっても知らんけえの」

屈強な海の男たちが十人ほど束になり、一斉に船の艫《とも》を押す。二人ほどが前に出て、コロ――細身の丸太を船の下に差し入れた。そうれ、そうれ、と声を合わせる毎に丸太が転がり、船が前に出るのを助けた。

「えい、やあ！」

その掛け声で、元就の乗った船が海に出る。先まで船を押していた海賊が風を衝いてひらりと飛び乗り、甲板を走って個々の持ち場に付いた。

水に浮くなり激しく揺れた。楽に三十人が乗れる船だというのに、波に叩かれて舳先《へさき》が持ち上がる。そうかと思うと、次の刹那《せつな》、船底が波を叩き返す。下から突き上げる力を受け、背骨が縮む思いがした。この分では、足軽衆を運ぶ小船はどうなることか。

顔も鬚《ひげ》もしとどに濡《ぬ》らし、元就は後ろを振り返った。どうやら他も続いている。大小取り混ぜて三百余艘の船は、さながら流れに揉まれる木の葉の如く見えた。ぐっと奥歯を嚙《か》み締める。

（生きた心地がせぬ。が……）

それでも船を出したのは、他に打つ手がないからであった。

厳島は毛利の命綱——実際そのとおりなのだ。この島を取られたら大内には決して勝てない。真実だからこそ、晴賢ほどの切れ者を誘き出すことができた。

如何にしてもこちらは総勢五千、本土に残す備えを極限まで削って、やっと二千五百の攻め手を捻《ひね》り出した。その小勢が大軍を討つなら奇襲しかない。峻険な山、わずかばかりの平地という厳島は、奇襲を成らしめるに絶好の地であった。

この機会を逃せば、毛利こそ滅ぶを待つのみである。ゆえにああ言って皆を無理やり出陣させたが、己とてこれが天の加護だとでも思わねば、自身を奮い立たせることなどできなかった。

右に左に、なお船は揺れる。

波に突き上げられ、寸時、宙に浮く。荒れ狂う波の上に再び落ち、背筋にずんと響く。

甲板に激しく叩き付ける雨音が、因島衆の怒鳴り声を掻き消す。将兵が船縁《ふねべり》から顔を出して嘔吐《おうと》し、その横面を波に張られている。

阿鼻叫喚《あびきょうかん》の時を、どれほど過ごしたろう。ようやく雨が止んだ。風は未だ強いが、少しばかり落ち着いている。

「どの辺りだ。あと、どれほどで着く」

元就の問いに、因島衆が怒鳴って返した。

「半分ぐらいじゃ。もう半時、我慢せえ」

その言葉どおり、船は半時で岸に着いた。宵五つ半（二十一時）頃のことであった。船の長に尋ねると、この浜は間違いなく、元就の目指した包ヶ浦であるという。大内方の将兵は宮尾城に詰め掛けていて、博奕尾の峰を挟んだこちら側を窺い知ることはできない。

待つことしばし、百五十余りの船が浜に至った。それらは全て因島衆で、小早川水軍の船は一艘もない。続々と浜に上がる中に桂元澄の姿を見つけると、元就は声をかけた。

「隆景は？」

「手筈《てはず》どおり大野瀬戸に向かわれました。狭く浅い海ゆえ、揺れも少なかろうかと。我らよりは進みやすいはずです」

元就は「うむ」と頷き、松明を持って、厳島北東岸に上がった二千の兵に号令した。

「皆の者、見よ。あれに聳えるは博奕尾の峰じゃ」

分厚い雲が垂れ込めたままの空、西の一方を松明で示す。漆黒の中、一層黒い塊がおぼろげに浮かんだ。

「我らはあの山を越え、敵の背後に出る。必ず勝つと信じて進め」

発すると、またも皆に先んじて進んだ。隆元が、元春がこれに続く。

桂や児玉以下の家臣も兵を束ねてすぐに山に入った。

海の地獄を見た直後である。峻険な厳島の山、しかも足許の定かでない夜とあって、一歩一歩が身に堪えた。松明で照らして確かめても、湿った落ち葉に足を滑らせて山肌を転げ落ちる者が後を絶たない。それらは他の将兵が必死で受け止め、起き上がらせ、励ましている。二町ほどの高さの山を登りきるのに、実に二時もの時をかけた。

博奕尾の頂からは尾根伝いに進んだ。今度は緩やかながら下り坂である。疲れた脚には登りよりも辛《つら》い。一歩を進めば膝が軋《きし》み、一歩を重ねれば太腿が震えた。

いったん南に延び、中途から北西へと蛇行する尾根を進むこと一里半、高さで言えば三十間も下った頃、晩秋から初冬へと移り変わろうとする十月一日の空が白み始めた。

「止まれ」

静かに号令する。後続も前に倣い、黙って足を止めた。見下ろす山裾の左手遠く、四町半ほど先で厳島の社殿が朝靄《あさもや》に包まれていた。

そして正面一里足らず、将旗らしきものが見えた。間違いない、大内方の陣である。厳島社から宮尾城の周囲に広がる狭い平地は軍兵がひしめき合っており、城からの遠矢を避けるために空けられた地を除き、土や枯れ草の色はひとつも見えなかった。陣笠《じんがさ》や兜《かぶと》、具足の色に染められ、夜を残したかの如く一面に黒い。

元就は足許の湿った落ち葉に松明を押し付けて揉み消した。

「皆々、しばし静かに休め。日の出を以て攻める」

静かな下知は、ひそひそと後方に語り継がれて行った。

＊

深い藍色《あいいろ》だった空が、次第に白さを増してきている。嵐の名残の風が強く吹き、天高く雲を押し流す様が見えるようになってきた。もう半時もすれば夜が明ける。

晴賢は本陣の前に床机を出して座り、宮尾城を遠目に眺めた。城から二町を隔て、一万七千の軍兵が地を埋め尽くしている。

「殿、朝餉をお持ちしました」

安富源内が湯漬け飯と高菜漬の膳《ぜん》を運ぶ。晴賢は頷いて椀《わん》を取り、ひと口を啜《すす》って言った。

「嵐も過ぎたことだ。夜明けから一気に攻め落とす。厳島を取れば毛利はお終《しま》いぞ。安芸を奪い返したら、おまえにも知行を与えよう。そろそろ大内の将とならねばな」

「有難き幸せ」

感激して勢い良く頭を下げる姿に、晴賢は柔らかい笑みを向けた。

「その話は、いささか早すぎませぬかな」

水を差すひと言に顔を向ける。弘中であった。晴賢は落ち着いた声で応じた。

「何用か。もうすぐ戦だぞ」

「釘を刺しに参ったのです。この数なれば、城を落とすのは造作もないことでしょう。落としたらすぐさま半数を岩国に戻し、陸と海の二手による攻めに転じられますよう」

晴賢は、くすくすと笑った。

「ここまで来たくせに、まだ申しておるのか」

弘中は少しむっつりとした顔を見せた。

「それがしが海を渡ったは、貴殿を見限る気になれなんだからです。もう……十四年も前になりますか、郡山城の戦いで手柄を立てさせていただきましたゆえ」

「義理堅いことよ」

「あの頃から晴賢殿は、良くも悪くも真っすぐな御仁であられた。が、此度はそれが良い方に出ていると思えませぬ。先日の評定で『大内の力を見せ付けねば』と仰せでしたが、勝って、安芸を取り返してこその威信であることをお忘れなきよう」

晴賢は「ふう」と溜息をついた。

弘中は大内の直臣であり、陶の家臣ではない。しかし己を信じ、決起にも同心してくれた。先の評定でも機嫌を損ねながら、結局こうして参陣してくれている。誠実で篤実、かつ智慧も働く男がこれほどに繰り返すなら、耳を傾けねばなるまい。

「分かった。いずれにせよ今日の戦が要《かなめ》ぞ。それに厳島を取ってしまえば、陸と海の二手に分かれた方が、より早く片付こうしな。其方の申すとおりにする」

弘中は、ようやく面持ちを緩めた。

「有難う存じます。今日も奮戦をお約束いたしましょう」

そして一礼し、持ち場たる右翼の先備えに戻って行こうとした。晴賢は湯漬けの続きを流し込みながら、微笑んで見送る。

だが、どうしたのだろうか、弘中は周囲をきょろきょろと見回している。しばらくそうした後、振り返って問うた。

「晴賢殿、ひとつお聞きしてよろしいか」

頷いて応じると、弘中は首を傾げた。

「先に伝令から聞いたのですが、筑前国衆の宗像《むなかた》と秋月《あきづき》が五百ほどを引き連れて援軍に参じたとか。大将にご挨拶すると言って島に上がったそうです。どこの備えに配されました」

「何？」

胸の内が、ざわ、と波立つ。宗像と秋月には参陣を命じていない。自ら進んで参じたのだとしても、弘中の言う挨拶など受けてはいなかった。

「初耳ぞ。いつの話だ」

「一時半も前だと聞いております」

さっと血の気が引いて、手にした椀を取り落とした。この話が本当だとすれば――。

「弘中、気を付けろ。その者たち、毛利勢かも知れぬ」

「……なるほど」

社殿から宮尾城までのわずかな平地には大軍がひしめいている。既に城方も見知っているがゆえ、息を潜める必要もない。夜通しざわついていたのだ。加えて嵐の後の強風で、あれこれの音も掻き消されていた。本陣に向かう兵があったか否か、弘中が判じられなかったのは無理もない。

晴賢は早口に命じた。

「急ぎ、其方の手勢を左翼に回せ。援軍とやら、こちらに来ておらぬからには、社殿の向こうの森に潜んだと見て良い」

「承知仕った」

その返答に被さるように、背後に聳え立つ博奕尾の峰から法螺《ほら》貝の音が鳴り響いた。

すぐに夥《おびただ》しい数の矢が空を舞い、嵐の後の雨となった。床机から立ち上がって振り返る晴賢の前に、安富が身を挺《てい》する。

晴賢は腰の刀を抜いて矢を斬り払い、大音声に呼ばわった。

「敵ぞ。皆の者、応じよ」

抜かったか。否、常に物見は出していた。元就が厳島に渡り、潜んでいたのなら、とうに報せが来ていなければおかしい。

「宗像、秋月……そうか」

山中から間断なく撃ち下ろされる矢を安富と共に払いつつ、晴賢は歯噛みした。援軍と偽った者共も然り、毛利軍は昨晩の嵐を衝いて船を出し、夜通しの行軍で背後に迫っていたのだ。自軍一万七千の喧騒《けんそう》と風の音が、その気配すら覆い隠していた。何たることか。

「応じよ。怯《ひる》むな、毛利は小勢ぞ」

声を嗄らして鼓舞する。しかし味方は黎明の奇襲にすっかり取り乱していた。兵の数があまりに多く、槍を振り回すだけの余地も、弓を引き絞るほどの隙間もない。狭い平地に固まって身動きが取れず、ただ恐怖の喚き声を上げて右往左往するばかりである。

そこへ乾いた破裂音が響いた。パン、パンと、いささか間の抜けた音だが、これこそ恐ろしい。一撃必殺の武器、ここ数年で世に出回った鉄砲である。数を揃えるには莫大な財を要するがゆえ、義隆の放蕩で財の足りぬ大内は多くを持たない。小勢の毛利とて同じだろう。まばらな音から十挺《ちょう》そこそこだと知れる。

そればかりの数であっても、身動きが取れぬ狭隘《きょうあい》な地への射撃である。鉄砲の力を知る兵は怯《おび》え、逃げ惑い始めた。

「逃げるな。戦え！」

本陣近くの兵を鼓舞して、弘中が必死に声を上げている。逃げた兵が捨てていった弓を取り、他の兵から矢を奪って山に近付き、ようやく引き絞る余地を得て立て続けに放っていた。

「進め」

こちらの乱れを見て取った敵が、森の中から駆け出して来た。先手は毛利家臣の古参・桂元澄と児玉就忠であった。

「覚悟!」

前に出て矢を放つ弘中を目掛け、桂と児玉がそれぞれ百ほどを率いて押し寄せる。弘中は弓を捨てて腰の刀を抜いた。

「らあっ」

「何の!」

扱《しご》き出された児玉の槍を、弘中が右手の得物で受け流す。そして左手で長柄を摑み、児玉の動きを封じると、四方八方から喚き掛かる敵兵に向けて刀を振るった。

「我こそ弘中隆包だ。命のいらぬ者は掛かって来い」

修羅の形相で睨みを利かせ、周囲を牽制する。この姿を見ながら晴賢と安富も矢を払い、雪崩れ込んで来た敵兵に斬り付けた。

「弘中を助けよ」

晴賢は重ねて、そう叫ぶ。しかし本陣間近の後備えは完全に浮き足立っていて、押し合いへし合い、我先にと逃げ道を探していた。

「殿、殿！　隆包様！」

声に振り返る。手前勝手に逃げ場を探す有象無象を掻き分けて、弘中の家中らしき者たちが、じわじわと本陣を指して進んでいた。敵の先手とほぼ同数、二百足らずと見えた。

あの者たちが駆け付ければ、ひとまず弘中を案じる必要はない。晴賢は乱れる兵を少しでも落ち着けるべく、ひとりひとりの腕を捉《つか》まえ、頬を張って正気を保たせに掛かった。

だが――。

十人を束ねるよりも早く、その声が届いた。

「義兄上《あにうえ》、お久しゅうござる」

猛々《たけだけ》しい雄叫びは、かつて義兄弟の契りを結んだ吉川元春であった。率いる兵は三百もあろうか、本陣の真後ろから山を駆け下りている。

「食い止めよ」

晴賢の下知も空しく、たった今束ねた者たちは再び逃げに転じた。

「そうらっ」

詰め寄った元春が槍を振り上げ、こちらの兜を目掛けて打ち下ろしてきた。晴賢は刀を横に構え、峰に左手を添えて一撃を受け止めた。槍の蕪巻《かぶらま》き——持ち手に血が流れて来ないよう、刀身の根元を麻布と漆で固めたところ——に、自らの刀が食い込んでいる。

「晴賢殿。何ゆえ、こうなった」

元春の叫びには悔しさが滲み出ていた。ぐいぐい押し込まれる槍を食い止め、歯を食い縛って堪えながら、晴賢の胸には蘇るものがある。

義隆を隠居に追い込むと告げた日、同心を約束した元就が言った。元春は貴殿を崇敬しておるゆえ、我らの契りとして義弟にしてやってくれと。そういう相手と干戈《かんか》を交えねばならぬ。こちらとて無念でならない。

「義兄への謀叛に与しておきながら、何を申す」

晴賢も負けじと押し返す。元春はさらに槍への力を込めた。

「謀叛ではない。貴殿は、明日のために戦っておるのではなかったのか」

その言葉で思い出した。

元春と初めて会ったのも、吉田郡山城の戦いの後だった。明日のためにとは、元就と語り合ったことであろう。大内の力で西国に新たな支配を築き、安寧なる姿を世に示して天下を鎮めん。改めて言われるまでもない、己はずっと、その思いで戦ってきたのだ。

晴賢は唸るように声を絞り出した。

「わしは、あの日の言を違えておらぬ」

「いいや。貴殿は取り違えておられる」

喚き合い、押し合う中、がら空きになったこちらの胴に、敵兵が槍を伸ばそうとした。

「戯《たわ》け、手出し無用ぞ！」

元春が一喝と共に脚を伸ばし、自軍の兵を蹴り飛ばした。それによって、槍に圧《の》し掛かる力が軽くなる。

「ふん、ぬっ」

気勢を上げ、槍を跳ね飛ばした。たたらを踏んだ元春が数歩後ろに下がった。

「三浦房清、これに」

「野上賢忠、参りましたぞ」

その声と共に、左翼先備えにあった陶の家臣が各々百ほどを率いて参じた。晴賢は兵を掻き分けて退き、二人の手勢の群れに身を隠した。

「晴賢、逃げるか」

元春の絶叫が届く。晴賢は胸を撫《な》で下ろしつつも、声を張って返した。

「元春よ。猪武者には大将など務まらぬぞ。おまえに、わしの何が分かるか」

ひとまず吉川隊の相手を三浦と野上に任せ、晴賢はまた兵を落ち着けに掛かった。

そこへ海の側、宮尾城からも鬨の声が上がった。遠矢を避けるための二町、大内方の兵はその隔たりに逃げ込んで、あろうことか城の間近に至っている。城方にとっては恰好の的、土塁の上から散々に矢が放たれていた。

この様子を見て、兵たちの戦意はすっかり挫かれてしまった。先のようにひとりずつ腕を摑もうと、頬を叩こうと、言うことを聞かない。

「逃げるな。敵は小勢ぞ」

鼓舞して張り上げる自らの声にも空しさを覚えた。向こうでは野上の旗指物が躍っている。元春の兵を必死に食い止めているのだ。

身動きの取れぬ狭い地、小勢の毛利、壊乱した大軍、奮闘する吉川元春――自らの周りで起きていることに臍《ほぞ》を嚙む。だが――。

「あ……」

乱戦の中、ぽかんと口が開いた。

これは、吉田郡山城の戦いと同じなのだ。己はあの時、尼子の大軍が狭隘な地にあると知り、不意打ちを仕掛けて壊滅させた。

「さすれば元就、真実を以て謀ったか」

厳島は毛利の命綱である。全くの事実だからこそ、元就はこの島に固執してみせたのだ。狭い地に大内の大軍を引きこみ、郡山城の戦いを再現するために。己はその陥穽《かんせい》に嵌まった。拙い布陣で自らの首を絞めた尼子晴久と何も違わない。

貴殿は取り違えておられる――先の元春の言葉が思い起こされた。この戦が元就の意趣返しだとするなら、元春は、あの戦を、あの日を思い出せと言っているのだ。

無性に癪《しやく》に障った。己が何を間違ったと言うのか。算を乱して逃げ惑う兵に向け、怒気のままに大音声を放つ。

「あれほどの小勢に背を見せるなど、恥知らずの行ないである。誰が逃げたとて、この晴賢は決して逃げぬ。最後まで踏み止《とど》まって討ち死にする覚悟ぞ」

「何を仰せられます！」

峻烈な声と共に、右の腕をこれでもかと引っ張られた。

「殿が討ち死になされては、ならぬのです。こちらへ」

吉川隊との揉み合いから脱した三浦であった。そのままこちらの手を引き、数名の兵が背を押す。安富源内もこの中に加わり、味方の兵を突き飛ばして道を作った。

「離せ。返せ！　戻って戦うのだ」

皆に身を守られ、運ばれながら、晴賢は叫ぶ。混乱に陥った本陣が次第に遠くなっていった。

人の濁流を分けて少しずつ進む中、三浦と安富が口々に言った。

「この一戦に敗れても、大内には未だ二万余の兵が残っているのです。これを督して再び毛利と戦い、そこで勝ちを得れば良うござる」

「今はただ、周防に戻ることを考えるのみ」

道々続く説法に、晴賢も頭を冷やした。

「相分かった。恩に着る。必ずや再び――」

厳島社殿が見える辺りまで来て、晴賢は目を疑った。三浦も、安富も、余の者たちも言葉を失っている。

船が、なかった。

正しくない。船はある。だが全てに小早川の三つ巴紋《どもえ》が翻っていた。大内の警固衆、宇賀島水軍の船は全てが焼かれ、沈められていた。弘中が言っていた「宗像と秋月」の仕業だと、すぐに分かった。

「ここにいては小早川勢に見つかります」

安富の声に三浦も頷き、背後に聳える連山を指した。

どこに敵が潜んでいるか分からぬ狭い島の中で、山は最も兵を伏せやすい。敢えてそこに踏み込んだのは、山向こうが見えないからであった。社殿の辺りから見渡す限り、宇賀島衆の船はない。しかし山を越えれば、どこかの浜に小早川の襲撃を逃れた船が着けているかも知れぬ。

都合の良い考え方ではある。しかし何としても周防に帰らねばと言う三浦と安富に励まされ、晴賢も山道を急いだ。落ち葉の多い十月、それらに紛れた枯れ枝や石を踏み続けると、具足の革足袋《たび》も破れて足に傷を負った。

(元就も)

こうやって博奕尾を越えて来たのだ。ならば己とて負けられぬ。その意地だけで晴賢は歩を進めた。

疲れによるものか、或いは慣れてしまったのか、やがて足の痛みも感じなくなった。そうなると、元春の言葉が頭の中をぐるぐると回った。

取り違えた。本当にそうなのか。何を、どのように。

そればかりを考え、周囲の様子すら目に入らないまま、ひたすら逃げて山道を歩く。

夕刻も近くなって、一行はついに岩船岳を越えた。至った先は厳島南岸の青海苔浜《あおのりはま》である。三百も兵を置けば立錐《りっすい》の余地もないだろう、小さな砂浜だった。案の定、ここにも船はない。

晴賢は大きく溜息をついた。おかしなもので、なぜか陶然としたものが胸に満ちる。

「万事休す、か」

穏やかに発した。三浦が叱責《しっせき》するように応じる。

「諦めてはなりませぬ。殿がなければ、大内を保つことは叶いませぬぞ」

安富も、半ば泣きながら続いた。

「左様にござります。毛利の思うがままとなるなど……」

波の具合か、不意に強い光が晴賢の目に飛び込んだ。眩《まぶ》しい。しかし、顔を背けることができない。呆然と目を見開き、ただ水面に揺れる光を目に焼き付けた。

己がなければ大内は保てぬ。

元就の思うがまま。

二人の言葉が、ずんと胸に響いた。

「……そういうことであったか」

呟きに続いて、笑いがこみ上げてくる。くすくすと肩を揺らすと、三浦と安富が危ういものを見る目を向けた。

「殿、お気を確かに」

三浦の声が聞こえる。だが、止めようがない。

「はは、ははは……」

ついに笑い声が出た。次の刹那、それは急な勢いを得た。

「ははは、あはははは！　はっはははは、あはははは！」

ひと頻《しき》り笑うと、晴賢は柔らかな笑みを湛えた。

「ここが、わしの生涯の地ぞ」

「何を、何を仰せられます。大内は未だ負けておりませぬ。唐土の故事に申しましょう。九十九戦して全て負けても、最後の一戦を得ればば勝ちなのです」

必死の形相になった三浦に向け、ゆっくりと首を横に振った。

「否とよ三浦。わしは長らく、大内を保ち、大内によって西国を束ねることを考えてきた。だが元就は……元就殿は、大内を潰し、西国を壊そうとしておる。わしが負けて大内が立ち行かなくなり、元就殿の思惑どおりになろうとしているなら、それが正しいのだ」

安富は身を打ち震わせ、ぺたりと浜に尻を落とした。

「天意であると……仰せですか」

「天意ではない。人の意思だ」

答えて、晴賢は大きく溜息をついた。

「人の世は人が動かすものぞ。わしは大内を束ねようと、それこそ必死になってきた。されど未だ、領内には乱れが残っている。元就殿はな、大内などどうでも良い、西国を束ねることだけ考えてきたのだ。そして、勝った。これこそ答ではないのか」

人が動かす世の中には、その時ごとの流れというものがある。大国の力が如何ほどのものだろうと、差配するのは人なのだ。世の流れに人は抗えぬ。人ひとりの力など、その程度でしかない。

言葉を失った二人に向け、晴賢は静かに語った。

「大内家はな、義隆様……御屋形様の代で終わっていたのだ。それを永らえさせよう、威光を取り戻そうなどと……上手く行くはずもないことであった」

三浦は「さにあらず」と激しく頭を振った。

「弘中様は今も獅子《しし》奮迅の戦いを続けておられましょう。問田様もです。野上、末富、山崎、陶の家臣も同じです。殿に従う者は多うございますぞ」

「弘中か」

発して、寂しい笑みを浮かべた。兵が使いものにならぬ中、どれだけ抗えるだろう。悪いことをした。評定で弘中が言ったとおりにしていればと思っても、後の祭りである。

「あやつも遠からず討ち死にしよう。問田殿も、我が家臣の皆も、生き残れるかどうか。皆を無駄死にさせたわしに、なお従うと言ってくれる者は」

おまえたちぐらいだ、と目で語る。小勢の毛利が大国・大内を蹴散らしたとなれば、先に言った世の流れも全て毛利に傾いてしまうのだと。

「……無念にござります」

安富が涙を落とした。三浦も目元を拭《ぬぐ》う。

「大内を保とうとしたのが間違いだったと……。されど殿は元就殿と同じく、西国の明日を夢見ておられました。それだけは確かです」

晴賢は「うん、うん」と二度頷いた。

「そうであるな。だが、わしは無念とは思わぬ。大内を永らえさせること能《あた》わずとも、西国の明日はきっと元就殿が作ってくれよう。後を託せる者があるのだ。何とも嬉しいことではないか」

そして再び、くすくすと笑った。

「もっとも、歳を取りすぎておるがな。今生のうちに成し遂げられるかどうか、先にあの世に渡り、見届けさせてもらおう」

ここを最期の地と定めた晴賢は、三浦と安富、そして付き従った兵たちと車座になった。浜に転がる大きめの貝殻を使っての、別れの水杯であった。

「死ぬのは、わしだけで良い。三浦よ、おまえは毛利に降って天寿を全うすべし」

三浦は、厳とした面持ちで断った。

「如何なるお下知にも従う所存ですが、これぱかりは聞けませぬ。我が主君は永劫《えいごう》に殿おひとりです。ご最期の時まで、殿は自らの信を曲げられなかった。なれば、殉じて腹を切ろうという我が信念もまた、お認めくだされ」

迷いのない目で言う。晴賢は頷いた。

「それがしも」

安富も面持ちを引き締めた。しかし晴賢は、こちらには「ならぬ」と応じた。

「おまえは元々、騙して我が手駒とした者だ。共に死ねなどと、口が裂けても言えぬよ」

「それでも!」

悲壮な面持ちを浮かべていた。安富を騙したのは、この者が年端も行かぬ頃だった。長じて若武者と言える歳だが、まだ二十歳そこそこではないか。

「強情な奴め。そうまで申すなら、ひとつ頼みがある。死ぬよりも辛いことだろうが、おまえの忠節を信じて託したい」

すると虚を衝かれたような面持ちが向けられた。願いを託す相手がいるのは幸甚である——先に己が発した言葉を思い出したらしい。

晴賢は安富の頬を撫で、柔らかな声音で命じた。

「我が首を元就殿に届けよ。必ずだ」

安富は、ぼろぼろと涙を零《こぼ》し、がくりと頭を落とすように頷いた。

「十分に生きた。悔いはない」

発してひと息を置き、辞世の歌を詠んだ。

何を惜しみ　何を恨みん　元よりも　この有様に　定まれる身に

ここで死ぬとて、何を惜しむことがあろう。何を恨むことがあろう。

元より己は、元就に全てを託すために生きるよう、定められていた身だったのだ。

思いを吐き出し、具足を外して懐剣を抜く。共に西国の明日を夢見て、手を携えてきた。己が死ぬことで、元就はそれを前に進めるであろう。

「御屋形様。お叱りを頂戴しに参ります」

ふうわりと笑い、晴賢は自らの腹に刃を突き立てた。

＊

厳島の戦いに圧勝した元就は安芸本土に戻り、桜尾城に入った。直後の十月五日、本丸館の庭で首実検を行なう。弘中隆包を始め、羽仁越中守らの大内家臣、加えて陶家臣の山崎隆次、末富志摩守らを次々に見ていった。

「申し上げます」

伝令が参じ、庭の隅に片膝を突く。元就がちらりと目を向けると、共にあった三人の子の中から小早川隆景が「申せ」と応じた。

「はっ。先ほど、城の大手門に首桶を持った者が参じました。手柄首を挙げたのかと思い、これへ参るように命じたのですが……」

「ですが、何だ」

吉川元春の問いに、伝令は戸惑うように返した。

「はっ。それが、狂ったように叫び散らし、走り去って行方を晦《くら》ましてござります」

隆元が元春と顔を見合わせ、当惑気味に命じた。

「ともあれ、その首桶をこれへ」

桶は予め持参していたらしく、すぐに庭まで運ばれた。元就の前、三間ほど離れたところで伝令が蓋を取り、塩漬けにされた首を取り出して地に置く。

元就は思わず床机を立った。陶晴賢、その人の首であった。

ふらりと歩を進める。伝令が一礼して飛び退《の》くように下がった。首まで半間の辺りまで寄り、元就はゆっくりとしゃがみ込んだ。

「晴賢殿」

右の眼から、ひと筋の涙が落ちた。目指すものの違いに苦しみ、迷い、ついに袂を別った男である。しかし類稀《たぐいまれ》な才に惚れ込み、長らく盟友と認め合った相手であった。

「貴殿は、悪名を残すのみで終わってしまわれた。古今に稀なる大器であったのに……無念にござる」

すると背後から、怒りを湛えた声が上がった。

「何を仰せられます」

かねて晴賢を憎んでいた隆元である。

「主殺しを働きながら大国を保つことすらできず、あれほどの大軍で小勢の我らに手もなく捻られた男ですぞ」

元就は「ふう」と長く息を吐いた。

厳島は毛利の命綱、その真実を以て偽りと為す。何が正しく、何が偽りかを見極める目がなければ、誘いに乗ってはこなかったろう。あの計略に掛かったことこそ、晴賢が大物である証なのだ。

「晴賢などその程度の凡物、愚物でしょう。父上はこの者を買い被り過ぎておられます」

なお勢いを増した隆元の言葉に、元就は静かに応じた。

「果たしてそうかな」

皆が、息を呑んだ。しんと静まった中、言葉を継ぐ。

「隆元、元春、隆景。おまえたちは今まで、どれほどの兵を率いたことがある。総勢五千の毛利ぞ。わしとて一度に率いたのは、折敷畑の三千までだ」

「戦は兵の多寡では——」

「戦はまず兵の数がものを言う」

不服そうな隆元を遮って声を張る。そして三人に肩越しの視線を流した。

「人とはな、元来が愚かなものぞ。上に立つ者の思惑や心痛、苦労など、下の者には決して分からんのだ。そういう者を数多く束ねる……二万、三万の兵を率いるのがどういうことか、わしには思いも寄らぬ。おまえたちに分かるか」

誰も、何も言わなかった。元就は晴賢の首に目を戻した。

「然るに晴賢殿は初陣のすぐ後、齢二十一にして、あの郡山城の戦いで一万を手足の如く動かしていた。その後も大内の家臣第一席として、七ヵ国に亘る大国を差配してきた。しかも天下を睨みつつだ。おまえたちが齢四十を数えても、できるかどうか分からぬことをな」

発して、思う。

そうだ。晴賢は常に天下を睨んでいた。大内によって西国に安寧な支配をもたらし、それを以て天下を帰服させんと。才気に溢《あふ》れた若き日の思いを、最後まで貫き通したのだ。

西国を束ねるだけなら、己の思うように、大内を壊して作り直せば良かった。晴賢にそれが分からなかったはずはない。

だが晴賢には、大内という大国の威信が何としても必要だったのだ。なぜなら、その先にある天下を見据えていたからである。これだけでも並大抵の器ではない。

「……返すがえすも、人とは愚かなものよな」

溜息に混ぜて発し、ひとつ咳払いをすると、元就は三人の子に向けて言った。

「わしは齢五十九だ。生ある間に再び西国を束ねんと思いを決しておるが、どこまで生きられるかは分からぬ。ゆえに、遺言と思って聞け。この先、毛利が西国を束ねようと、どれほどの力を持とうと、決して天下への欲を持ってはならぬ。きっと違えるでないぞ」

「それは、なぜです」

おずおずと、元春が口を開く。元就は「ふふ」と笑いを漏らした。

「天下を目指せば目が曇る。晴賢殿に勝って初めて、わしもそれが分かった」

先代・義隆を討った後、晴賢は自ら家督を取らず、大内を保つことに拘った。役目を終えた器を後生大事に抱え続ける、愚かな行ないである。

古びた枠組みにしがみ付こうとしたのは、本来、日の本の全てを思ったからこそだろう。大内家とは、そのための手段であるはずだった。だが、やはり晴賢も人でしかなかった。幼少から寵童として仕えた義隆への思慕、大内への忠節――胸に根付いた思いによって、自らの抱く夢と、そのための手段を一体にしてしまったとは考えられぬか。目が曇って当然である。

元就は手を伸ばし、労わるように晴賢の頰を撫でた。肌に付いた塩の手触りのように、心中がざらざらとして、寂しさが増した。

「貴殿が人でしかないのなら、わしもまた人を超えるものではない。されど、それでも時は流れねばならぬのです」

首のみの姿となった盟友に語りかけ、すくと立った。

「しばし待っていてくだされ。あの世で共に酒でも呑みましょうぞ」

人は常に、今より幸福な生を求めるものだ。ならば世はそれに応じ、新たな形へと移り変わらねばならない。自らの余生に与えられた命題を思い、元就は城の眼下、南の海上に厳島の姿を眺めた。吹き抜ける風には、初冬の凜《りん》としたものが感じられた。

厳島の戦いに引き続き、元就は十月十二日から周防に攻め込んだ。そして弘治《こうじ》三年（一五五七年）四月三日、長門までを平らげる。大内義長は長門長福院《ちょうふくいん》で自害して果て、晴賢の死後一年半で大内家は滅んだ。

大内旧領のうち九州の二ヵ国、豊前と筑前は大友義鎮《よししげ》に取られてしまった。しかし元就はその後、出雲に尼子を攻め下して再び西国を束ねた。

毛利隆元は厳島の戦いから八年後、食中《あた》りで命を落とした。対して父の元就は長生し、元亀《げんき》二年（一五七一年）六月十四日に七十五歳の生涯を閉じた。

毛利の家督は嫡孫・輝元《てるもと》が継ぎ、吉川元春と小早川隆景がこれを支え、安芸、出雲、周防、長門、石見に加え、備前、備中、備後に亘る大国を保ち続けた。

新たな西国の雄となった毛利は、天下を動かすだけの力を持つに至った。かつて陶晴賢が夢見た明日の姿である。だが元就が示した個々の分限を保ち、子や孫は天下への欲を持たなかった。

主要参考文献

新釈　陰徳太平記　三好基之　著／山陽新聞社

陰徳太平記　上・中・下（教育社新書　原本現代訳）　香川正矩　著・松田修・下房俊一　訳／ニュートンプレス

人物叢書　大内義隆　福尾猛市郎　著／吉川弘文館

戦史ドキュメント　厳島の戦い　森本繁　著／学習研究社

悪人列伝　近世篇　海音寺潮五郎　著／文藝春秋

毛利元就「猛悪無道」と呼ばれた男　吉田龍司　著／新紀元社

毛利元就のすべて　河合正治　編／新人物往来社

毛利元就　知将の戦略・戦術　小和田哲男　著／三笠書房

戦国軍師の合戦術　小和田哲男　著／新潮社
武器と防具　日本編　戸田藤成　著／新紀元社

解説

末《すえ》國《くに》善己《よしみ》

鉄道沿線の地理や名所を紹介する『鉄道唱歌』（作詞・大和田建樹《おおわだたけき》）の「山陽・九州篇」（一九〇〇年）には、厳島《いつくしま》合戦を題材にした「毛《もう》利《り》元就《もとなり》この島に　城をかまへて君の敵《あだ》　陶晴賢《すえはるかた》を誅《ちゅう》せしは　のこす武臣の鑑《かがみ》なり」の一節がある。

元就は、一代で中国地方に覇を唱え、（後世の創作とされるが）三本の矢の喩《たと》えを使って息子たちに結束の重要性を説いたエピソードでも有名である。ただ陶晴賢が何者で、元就と戦った理由は何かを説明できるのは、かなりの歴史好きだけのように思える。

戦国時代初期の大内《おおうち》氏は、中国地方の周防《すおう》、長門《ながと》、石見《いわみ》、安芸《あき》、九州の筑前《ちくぜん》、豊前《ぶぜん》などを支配する大大名で、陶家は大内氏の重臣だった。大内氏は、出雲《いずも》、伯耆《ほうき》、備中《びっちゅう》を治める大国・尼子《あまご》と対立しており、安芸国の郡山《こおりやま》城を本拠地とする毛利は、情勢次第で大内に付いたり、尼子に付いたりする国衆に過ぎなかった。

大内氏の十五代当主の義興《よしおき》は京へ上り将軍を補佐するほどの力を持っていたが、その子・義隆《よしたか》は、武よりも学問、遊興を好み、政治、軍事は若くして陶家を継いだ隆房《たかふさ》（後の晴賢）に任せていた。やがて義隆は、隆房に弑逆《しぎゃく》されるが、その前に、仇討《あだう》ちを頼む手紙を元就に出していたという（この説は、一九一八年に刊行された大町桂月『七英八傑』などで紹介されている）。『鉄道唱歌』の「城をかまへて君の敵　陶晴賢を誅せしは」は、この逸話をベースにしたものである。ただ元就は、事前にクーデター計画を隆房から知らされ賛同していたようなので、史実では、元就は、主君の仇を討つため厳島で晴賢（この時は改名している）と戦ったわけではないのだ。

ただ、元就が長く主君の仇を討った「忠臣」とされてきただけに、隆房は、主君を殺し、大軍を擁しながら寡兵の元就に敗れた悪逆非道な愚将と見なされてきた。だが隆房は、義隆と不仲だった期間が長いとはいえ側近として大内氏の内政、軍事を取り仕切り、義隆を討った数年後の厳島合戦で、大内氏の兵を糾合し二万（一説には三万とも）の大軍を編成したので、人望と組織運営の能力は高かったように思える。

それなのに隆房が「悪名」にまみれ、元就が〝善玉〟とされているのは、元就との乾坤一擲《けんこんいってき》の勝負に敗れ、業績が十分に理解されないまま、あるいは誤解を招く行為の弁明ができないまま死んだからではないだろうか。この辺りの事情は、信長《のぶなが》に敗れたがゆえに、公家の風俗に染まり化粧、置眉《おきまゆ》をしていた、馬に乗れないほど太り輿《こし》で移動したなどの「悪名」だけが残り、外交と軍事に辣腕《らつわん》を振るい〝海道一の弓取り〟と恐れられた事実が忘れ去られている今川義元《いまがわよしもと》と同じかもしれない。

歴史に「悪名」を残す隆房を再評価した本書『悪名残すとも』は、若くして大内氏の命運を背負う立場に置かれ、プレッシャーをはねのけ実績を残していた隆房が、なぜ主君に叛《そむ》くに至ったのか、なぜ互いに実力を認め合っていた元就と対立したのかを斬新な解釈で描いている。

天文《てんぶん》九（一五四〇）年、尼子の三万の兵が、二千四百人が守る元就の居城・郡山城を包囲した。物語は、義隆の命を受けた陶隆房が、元就を救うための援軍一万を率い、郡山城近くに到着する場面から始まる。わずかな兵力で半年も落城を許さなかった元就の実力を看破した隆房は、まだ面識がない元就が次にこの一手を打ってくると予想、元就も自分の考えを理解して動いてくれると信じ、二人が連携できることを前提にした大胆な作戦を立案する。籠城戦後、二人は初めて顔を合わせた。この時、隆房は二十一歳、元就は四十五歳。元就も隆房の将器を認め、大内氏の力で乱世に終止符を打つという隆房の理想に共鳴し、文字通り微力ながら、隆房と大内氏を支える決意を固める。

天文十（一五四一）年、「謀聖」と恐れられた尼子経久《つねひさ》が死んだ。隆房は、尼子の混乱をついて一気に本拠地・月山富田《がっさんとだ》城を攻めるべきと主張するが、新参の相良武任《さがらたけとう》を筆頭に、家中には相次ぐ出陣に反対し、調略で出雲国衆を切り崩すべきとする穏健派も少なくなかった。多数決によって義隆自ら大軍を率いての遠征が決まり、安芸で元就ら国衆を加え兵は二万三千余りになるが、敵の激しい抵抗もあって進軍は遅れに遅れる。

隆房ら武断派の失策をあげつらう穏健派は、再び調略を提案。義隆は、調略を行いながらペースを落として進軍する玉虫色の裁定を下す。

長引く遠征に大内軍の士気は下がり、月山富田城に到着するも城攻めは難航する。国衆の離脱もあり戦線を維持できなくなった大内軍は撤退を開始するが、海路を退却していた船が転覆し、義隆が養子に迎えた養嗣子で、武術にも学問にも芸道にも秀でていた晴持《はるもち》が溺死《できし》してしまう。

将来を期待していた晴持の死は、義隆に無常観を植え付け、ひたすら刹那《せつな》的な遊興にふけるようになる。さらに義隆は、耳に心地よい言葉をささやく武任を重用し、諫言《かんげん》を繰り返す隆房を遠ざけるようになる。

合戦のスペクタクルが連続する派手な冒頭部が一転、月山富田城攻めが失敗してからは、隆房派と武任派が暗闘を繰り広げる大内家中の派閥抗争にシフトする。といっても、相手に悟られないように多数派工作を行う陰謀劇もあれば、評定《ひょうじょう》の場で政敵を論破しようとするリーガル・サスペンスを思わせる展開もあり、少しでも計算が間違ったり、決断が遅れたりすると死に直結する極限状態で行われる頭脳戦、心理戦が生み出す息詰まる展開は、合戦シーンに勝るとも劣らない迫力がある。

著者が秀逸なのは、閨閥《けいばつ》による派閥固め、敵の追い落としを、大内家中では実際にこのような事態が起きていたのでは、と思わせるほど生々しく描いたことである。

正室の貞子《さだこ》にも、側室の小槻《おつき》氏にも子供がいない義隆は、晴持の没後、晴英《はるふさ》を養子にするも、その直後、小槻氏が懐妊する。小槻氏の子供は、武任との不義密通でできたとの噂もあったが、武任は小槻氏に取り入ることで義隆との関係をさらに緊密にし、隆房との政争を有利に進めていく。これに対し、美少年で義隆の寵童《ちょうどう》だったこともある隆房は、性技と将来の出世を餌に、義隆の衆道の相手を務める安富源内《やすとみげんない》を手駒にし、義隆の動向を探るスパイに仕立てる。歴史小説には、主君の正室や側室に取り入って出世を目論《もくろ》む奸臣《かんしん》は珍しくないが、衆道が君臣の絆《きずな》を確認する武士のたしなみだった事実を踏まえながら、それを逆手に取った謀略を作ったのは本書の独創といえる。男と女、男と男の渦巻く愛憎が、大内家中にさらなる混乱をもたらす異色のラブロマンスも面白く、特に義隆の寵童の一人で、スパイとして使って欲しいと隆房のところにやって来た四郎《しろう》の存在は、後半の重要な鍵《かぎ》になっており見逃せない。

もう一つ本書が特徴的なのは、大国の大内氏が内側から腐っていくプロセスと、外交、謀略、合戦などの硬軟取り混ぜた戦略で勢力拡大をはかる元就を同時並行して描いたことである。これにより、国衆の支持と協力がなければ大名家は維持できず、独裁的な政権運営などできない不自由な存在であり、大国の狭間《はざま》で生きる国衆は、時と場合によって仕える主君を変えるしたたかな戦略で生き残りをはかっていたなど、それぞれの領国経営の難しさが、よく分かるようになっている。

現代人は、戦国時代と聞くと織田《おだ》信長、その後継者となって天下統一を果たした豊臣秀吉《とよとみひでよし》以降をイメージしがちだ。歴史小説では、信長、秀吉は中央集権的な体制を作ろうとした武将とされるが、それが史実だったとしても例外的で、多くの戦国大名は、国衆の利益を守る代表者に過ぎなかった。著作は、盟友となった隆房と元就を通して、大名家と国衆の微妙な関係を的確に捉《とら》えており、歴史好きならそのリアルさに、歴史に詳しくない方は常識が覆されることに、驚かされるのではないか。

大内氏の力を使って京に上り、やがては大内氏の領国のような平和で安定した地域を全国に広げるという夢を抱いていた隆房だが、武任の甘言で遊興にふけり、それに必要な費用を増税でまかなう義隆がトップにいては、大内氏は堕落していくばかりだと考えるようになる。領民のために義隆、武任の排除を決め、元就の協力も取り付けた隆房だが、元就は、大内氏を滅ぼしても隆房が頂点に立たない計画に甘さを感じていた。

隆房は、大内氏を存続させ改革派主導による組織再建の道を選ぶが、元就は腐敗した組織は一度潰《つぶ》し、新たな指導者のもとで出直すのが最善と考える。企業、官庁、政党など現代日本の組織も、業績不振や不祥事があると再出発の方法を模索するが、その時に、欠点を修復するのか、一から作り直すのか、再建の主体は現幹部か、新たに起用される幹部かが議論される。隆房と元就のスタンスの違いは、改革のあるべき姿とは何かを問い掛けており、一種の組織論としても見事である。

隆房と元就の関係でさらに興味深いのは、若い隆房が家臣の分を守って主家を盛り立てるという保守的な思考から抜け出せなかったのに、老境に差し掛かった年代の元就が、常識にとらわれない斬新な発想で勢力を拡大していく展開なのだ。

柔軟で失敗を恐れずチャレンジするのは若者と考えがちだが、日本の若者は安定志向が強く、ベンチャーではなく、大企業を就職先に選ぶことが多いという。巨大な組織は前例や過去の成功体験を重んじる傾向が強く（いわゆる大企業病）、これが若者の潜在的な能力を摘み、組織全体の生産効率を下げているとの指摘もある。

大企業病的な風土に蝕《むしば》まれ躍進の機会を逃した隆房と、ベンチャー精神でのし上がっていった壮年の元就の対比は、年齢や世代で人間をカテゴライズすることの愚かさはもちろん、日本型組織が抱える構造的な欠点にも気付かせてくれるのである。

義隆を排除するところまでは同志だった隆房と元就は、やがて決別し、相手の追い落としを画策し始める。天才的な策士にして戦闘指揮官でもある二人が、敵の裏をかく凄《すさ》まじい謀略戦を経て、決戦地となる厳島へと兵を進める終盤のスピード感とスリルは、まさにクライマックスに相応《ふさわ》しい迫力であり圧倒されるはずだ。

隆房（死んだ時は晴賢）は悲劇的な最期を迎えるが、本書はバッドエンディングではない。晴賢を「凡物、愚物」という息子たちに、元就がかける言葉は、合戦に敗れ批判の的になった晴賢から学ぶべきことが如何《いか》に多いかを教えてくれるのである。

著者は、本書の後にも、石田三成《いしだみつなり》の真意に迫る『治部の礎』（二〇一六年）、困難な道を進む今川義元を描く『海道の修羅』（二〇一七年）など、歴史の敗者に焦点をあてる歴史小説で、このジャンルに新たな地平を切り開いている。これらの作品も、本書と合わせて読んで欲しい。

本書は、株式会社KADOKAWAのご厚意により、角川文庫『悪名残すとも』を底本としました。但し、頁数の都合により、上巻・下巻の二分冊といたしました。

悪名残すとも　下
(大活字本シリーズ)

2023年11月20日発行（限定部数700部）
底　本　角川文庫『悪名残すとも』
定　価　（本体3,300円＋税）
著　者　吉川　永青
発行者　並木　則康
発行所　社会福祉法人 埼玉福祉会
埼玉県新座市堀ノ内3—7—31　〒352—0023
電話　048—481—2181
振替　00160—3—24404
印刷製本所　社会福祉法人 埼玉福祉会 印刷事業部

ISBN 978-4-86596-609-1

大活字本シリーズ発刊の趣意

現在，全国で65才以上の高齢者は1,240万人にも及び，我が国も先進諸国なみに高齢化社会になってまいりました。これらの人々は，多かれ少なかれ視力が衰えてきております。また一方，視力障害者のうちの約半数は弱視障害者で，18万人を数えますが，全盲と弱視の割合は，医学の進歩によって弱視者が増える傾向にあると言われております。

私どもの社会生活は，職業上も，文化生活上も，活字を除外しては考えられません。拡大鏡や拡大テレビなどを使用しても，眼の疲労は早く，活字が大きいことが一番望まれています。しかしながら，大きな活字で組みますと，ページ数が増大し，かつ販売部数がそれほどまとまらないので，いきおいコスト高となってしまうために，どこの出版社でも発行に踏み切れないのが実態であります。

埼玉福祉会は，老人や弱視者に少しでも読み易い大活字本を提供することを念願とし，身体障害者の働く工場を母胎として，製作し発行することに踏み切りました。

何卒，強力なご支援をいただき，図書館・盲学校・弱視学級のある学校・福祉センター・老人ホーム・病院等々に広く普及し，多くの人人に利用されることを切望してやみません。